KB072855

상남자
스타일

상남자스타일 1
임영기 장편소설

초판 1쇄 찍은 날 § 2018년 1월 26일
초판 1쇄 펴낸 날 § 2018년 2월 2일

지은이 § 임영기
펴낸이 § 서경석

총괄팀장 § 최하나
편집책임 § 이지연
디자인 § 신현아

펴낸곳 § 도서출판 청어람
등록번호 § 제387-1999-000006호
등록일자 § 1999. 5. 31
어람번호 § 제1-2840호

주소 § 경기도 부천시 부일로 483번길 40 서경B/D 3F (우) 14640
전화 § 032-656-4452 팩스 § 032-656-4453
http://www.chungeoram.com
E-mail § chungeorambook@daum.net

ISBN 979-11-04-91632-8 04810
ISBN 979-11-04-91631-1 (세트)

1

FUSION FANTASTIC STORY

임영기 장편소설

상남자 스타일

도서출판 청어람

상남자
스타일

Contents

프롤로그

1994년 4월 22일 새벽.

서울 어느 대저택에서 방금 전에 한 명의 사내 아기가 태어났다.

산모는 바닥에 깐 이불 위에 늘어져 있고 머리맡과 옆에는 아기 아버지와 할아버지, 산모의 아래쪽에는 할머니가 방금 낳은 핏덩이 아기를 안고 있었다.

"기장댁."

할머니의 부름에 무릎을 꿇고서 대기하고 있던 기장댁이 얼른 따뜻한 물이 담긴 대야를 할머니 앞에 내려놓았다.

할머니는 몹시 조심스럽게 아기를 씻기고 기장댁이 돕는데 모두들 그 모습을 흐뭇하게 지켜보고 있었다.

보통 신생아가 태어나면 냅다 악을 쓰고 우는 게 정상인데 이 아기는 울지도 않고 자는 듯이 가만히 있었다.

아기의 부모와 조부모의 눈빛에는 대견함과 사랑스러움이 가득했다.

그도 그럴 것이 이 가문은 조상 대대로 자손을 딱 한 명만 낳았다.

즉, 일맥가문(一脈家門)이다.

고려 초엽부터 시작된 이 가문은 현재까지 천 년 동안 매 대(代)에 오로지 한 명의 자손으로만 이어져 왔다.

특이한 것은 보통의 가문이 남자, 즉 부계(父系)로 이어지는 데 비해서 이 가문은 부계와 모계(母系)가 뒤섞여서 이어지고 있다는 사실이다.

한 대(代)에 한 명의 자손만 태어나기 때문에 그것이 아들이든 딸이든 가릴 입장이 아니었던 것이다.

모계로 이어질 경우 남편은 데릴사위가 되고 태어난 아이는 모친의 성을 따랐다.

할머니는 정성껏 씻긴 아기를 체중계에 눕혔다.

"5.5㎏이에요."

갓 태어난 신생아의 체중이 무려 5.5㎏이나 나갔다.

보통 신생아 평균 체중이 3.2kg인데 비하면 엄청나다.

그런데 지켜보던 할아버지와 아기 아버지는 흐뭇한 미소를 지으며 고개를 끄떡였다.

"정상이로군."

"다행입니다, 아버님."

그렇다고 사내 아기의 몸집이 보통 신생아보다 그다지 커 보이는 것도 아니다.

사실 아기의 체중이 많이 나가는 이유는 외형이 아니라 몸속에 있었다. 뼈와 장기가 특별하기 때문이다.

할머니는 탯줄을 자르고 나서 자애로운 미소를 지으며 산모를 바라보았다.

"애썼다, 아가."

45세의 산모는 노산(老産) 탓에 기진맥진하여 해쓱한 얼굴에 희미한 미소를 머금었다.

"대를 이을 수 있게 되어 정말 다행이에요, 어머님."

22살에 시집을 온 그녀는 그동안 아기를 낳지 못해서 속을 끓이다가 23년 만에 45살이라는 늦은 나이에 비로소 이 가문의 대를 이을 후손, 그것도 아들을 낳았으니 세상을 다 가진 것 이상으로 기뻤다.

한 시간 후.

산모는 앉아서 남편에게 기대어 있고, 시부모인 할아버지와 할머니는 엄숙한 표정을 짓고 있다.

네 사람이 방바닥에 둘러앉아 있는 한가운데에는 조금 전에 태어난 아기가 이불 위에 발가벗고 눕혀졌다.

엄숙하다 못해서 경건한 표정의 할아버지는 옆에 놓인 새카만 상자를 들어 자신의 앞에 내려놓았다.

"시작하겠다."

맞은편의 아기 부모와 옆에 앉은 할머니 얼굴에 긴장이 가득 떠올랐다.

딸깍…….

할아버지가 몹시 귀한 재질로 만든 것 같은 상자를 열자 뜻밖에도 그 안에는 길이가 반 뼘쯤 되는 가느다란 금빛의 침(針) 5개가 나란히 들어 있었다.

할아버지와 할머니, 아기 아버지는 엄숙한 표정인 반면에 산모는 측은한 표정을 감추지 못했다.

"아버님, 그걸 꼭 해야만 하나요?"

이 가문에 시집을 와서 23년 동안 살아온 그녀는 자신이 아기를 낳으면 이런 통과의례를 반드시 거쳐야 한다는 사실을 오래전부터 잘 알고 있었다.

그런데 막상 자신이 낳은 아기가, 그것도 낳은 지 한 시간밖에 안 되는 핏덩이 몸에 금침을 찌르는 광경을 직접 눈으로 본다는 사실이 견딜 수 없이 괴로웠다.

"여보."

출산으로 지친 그녀를 안고 있는 남편이 조용히 타일렀다.

"그렇지만… 저런 핏덩이에게……."

산모는 끝내 울음을 터뜨렸다.

"험!"

상자에서 금침 하나를 꺼내던 할아버지는 헛기침을 했고, 할머니가 산모를 달랬다.

"아가, 너는 설마 이 아이가 제 명대로 살지 못하기를 원하는 게냐?"

할머니는 곤히 잠든 아기를 자상한 눈빛으로 바라보았다.

"시술을 하지 않으면 이 아이는 필경 어른이 되어보지도 못하고 세상을 떠나고 말 것이야."

산모는 울기만 하고 남편은 그런 그녀의 어깨를 묵묵히 쓰다듬었다. 할머니는 할아버지와 남편을 차례로 쳐다보았다.

"저 양반도 아범도 다 어렸을 때 시술을 했기 때문에 지금껏 별일 없이 잘 살아오고 있는 게다."

할머니의 잔잔한 목소리가 고즈넉이 방 안에 흘렀다.

"이 아이도 저 양반이나 아범처럼 평범하게 살아야 해. 그래야지만 장수할 수 있어. 만약 금침대법을 하지 않아서 이 아이의 특출함이 세상에 드러난다면……."

할머니는 생각하기도 싫다는 표정을 지었다.

"그래서 이 아이가 그자들 눈에 띄기라도 하는 날이면 모든 게 끝이야."

산모는 더 이상 항의하지 못했다.

할머니는 할아버지를 보며 물었다.

"금침이 더 필요하진 않겠죠?"

"조상 대대로 5개 이상의 금침을 꽂은 사람은 없었소."

이 가문의 자손은 평균 2개, 많게는 4개까지 매우 특출한 능력을 선천적으로 지니고 태어나는 것이 내력이었다.

금침 하나를 아기의 몸에 꽂으면 능력 하나를 억누를 수가 있다. 이 아이가 몇 개의 능력을 지니고 태어났는지 모르지만, 5개의 금침이면 충분할 것이다.

"아이를 잡아요."

할머니가 자고 있는 아기의 머리를 두 손으로 조심스럽게 잡자 할아버지는 오른손에 쥔 금침을 아기의 정수리로 가져갔다.

잠시 후 태어나서 한 번도 울지 않았던 아기가 경기를 하듯 자지러지는 울음을 터뜨렸다.

"으아앙!"

제1장
만능술사라는 직업

2017년 5월 어느 날 오후.

서울 한남동 골목 언덕길로 1톤 용달 트럭 한 대가 들어섰다.

용달 트럭은 언덕길을 꼬불꼬불 오르고 돌아서 어느 4층 건물 앞에 멈췄다.

'파라다이스맨션'이 건물의 이름이다.

허름한 다세대주택 같은 모습인데 건물 입구에 떡하니 한글로 '파라다이스맨션'이라고 반짝이는 금속 활자가 큼직하게 붙어 있다.

용달 트럭에서 두 남자가 내려서 이삿짐을 옮기기 시작했다.

한 남자는 40대 용달 트럭 기사이고, 또 한 남자는 20대 초반의 청년인데 그가 이사 오는 사람인 듯했다.

이삿짐이라고 별게 없어서 30분 만에 다 옮겼고 또 30분 만에 정리가 끝났다.

선우는 냉장고에서 캔 맥주 하나를 꺼내 들고 베란다로 나가 창문을 활짝 열어젖히고 창틀에 걸터앉았다.

냉장고에 담긴 채로 이사를 오느라 캔 맥주는 미지근해져 있었다.

그런데 그의 오른손에 쥐어 있는 캔 맥주가 작은 소리를 내면서 어떤 변화를 보였다.

츠으으…….

갑자기 캔 맥주에 하얀 성에가 서렸다.

깍!

캔 맥주를 따니까 구멍에서 차가운 김이 쏴아아… 하고 피어올랐다.

미지근했던 맥주가 순식간에 목 넘김이 가장 좋다는 4~5도 정도로 차가워졌다.

어떤 물체라도 순식간에 차게 만들거나 뜨겁게 하는 것은 선우가 갖고 있는 능력 중에 하나였다.

그는 태어나자마자 조부가 몸 5군데에 긴 금침을 깊이 찌르는 시술을 했다.

금침 하나는 그가 태어날 때 지닌 능력 하나를 억누르는 금제(禁制) 역할을 하고 있다.

금침 5개를 몸에 꽂았으므로 5개의 능력을 금제하고 있는 것이다.

선우네 가문은 천여 년을 이어오는 동안 4개 이상의 능력을 타고난 사람이 아무도 없었다.

그래서 조부는 최대치 금침 5개를 선우에게 꽂았던 것이다.

그렇지만 선우가 도합 9개의 능력을 지니고 태어났을 것이라고는 조부도 예상하지 못했다.

천 년의 규칙이 깨진 것이다.

선우는 어렸을 때 자신에게 4개의 놀라운 능력이 존재한다는 사실을 깨닫게 되었다.

어머니가 선우더러 제발 능력을 드러내지 말고 평범하게 살라고 매일 귀에 못이 박이도록 신신당부하지 않았더라면 그는 지금하고는 전혀 다른 삶을 살고 있거나 아니면 이미 죽었을 것이다.

방금 캔 맥주를 차게 만든 것은 능력이라기보다는 하나의 작은 재주였다.

금침이 억누르지 못한 4개의 능력 중에 하나가 공기(空氣)를 자유자재로 다루는 것이며, 그걸 공신기(空神技)라고 한다.

공기나 물체를 차게 혹은 뜨겁게 만드는 것은 공신기에서 파생된 능력이다.

선우는 차가운 맥주를 들이켜고 나서 저 멀리 언덕 아래의 강변대로 너머로 유유히 흐르는 한강을 바라보았다.

그가 이곳으로 이사를 오게 된 이유 중에 하나가 창밖이 시원하게 터 있으며 한강이 보인다는 것 때문이었다.

그가 맥주를 다 마시고 창문을 닫고 거실로 들어설 때 주머니의 휴대폰이 울렸다.

—골드핑거.

“어… 종태 형.”

선우는 직업적으로 ‘골드핑거’라는 닉네임으로 불렸다.

그는 ‘만능술사’라는 최신종 직업을 갖고 있다.

‘무엇이든 도와 드립니다’와 ‘사립 탐정’의 궁극적인 결합이라고 할 수 있다.

그가 만능술사라는 업종을 개설한 지 현재 약 5개월이 지났으며, 그동안 의뢰받은 일거리는 53건이었고 모두 깨끗이 클리어했다.

5개월에 53건이면 3일에 한 건꼴인데 그걸 100% 성공시켰다는 얘기다.

더 중요한 것은 지금까지의 의뢰인, 즉 고객들의 만족도 역시 100%. 어떤 경우에는 그 이상에 달한다는 사실이었다.

그만큼 선우의 일처리가 퍼펙트하다는 뜻이다.

그래서 선우는 53건의 의뢰 중에서 무려 49번이나 일이 끝난 후에 특별 사례금을 받기도 했었다.

—의뢰야.

지금 전화를 한 사람은 선우가 만능술사를 하기 전부터 알고 지낸 친한 형이고 지금은 매니저다.

그는 동생에게 선우라고 불러도 되는데 꼭 골드핑거라는 닉네임을 불렀다.

그게 멋있다나 뭐래나.

그는 선우의 일거리를 받아주고 여러 정보를 수집, 제공하는 등 뒤처리를 해주고는 의뢰비의 20%를 챙긴다.

물론 특별 사례비는 선우의 몫이다.

—실종 사건인데 집은 청담동이고 의뢰인은 영화감독이야.

"영화감독?"

선우는 거실 소파에 앉아 휴대폰을 귀와 목 사이에 끼고 초코파이 봉지를 뜯었다.

—실종자가 여배우야. 지금 한창 영화 촬영 중인데 집에도 없고 이틀째 휴대폰도 받지 않는다는 거야. 소속사에서도 매니저도 그 여자가 어디 갔는지 몰라. 그래서 감독이 똥줄이 탈 대로 탔어.

"응."

선우는 초코파이 하나를 통째로 입에 쑤셔 넣고 씹었다.

―말이 실종이지, 매니저 말로는 또 잠수 탔을 거래. 그 여자 툭 하면 잠수 타는 게 취미라는군. 그래서 경찰에 실종 신고도 하지 않았대. 매스컴이 떠들어대면 좋을 게 없으니까. 부모님 댁하고 친구들이나 지인들한테는 이미 다 연락을 해봤는데 아무도 본 사람이 없대.

"자료 보내."

―매니저 만나볼 거냐?

"됐어."

―착수비 3백 받았고 성공 보수 5백만이야. 기다려. 그 여자 자료 수집한 거 보낼게.

매니저 일을 해주는 종태 형은 매사에 철두철미한 성격이다.

의뢰받은 일거리에 대한 조사를 완벽하게 끝내고 나서야 선우에게 전화를 한다.

띠롱~

종태 형이 메일을 보냈다.

선우는 메일을 열어 화면을 주르르 올리면서 처음부터 끝까지 훑어보았다.

10분에 걸쳐서 대충 읽어보고는 휴대폰을 꺼서 주머니에 넣고 일어섰다.

그는 일거리를 놔두고 미적거리거나 딴짓을 하는 스타일이 아니다.

의뢰를 받았으면 즉시 착수하는 것이 그의 직업 철학이었다.

탁!

선우가 밖에 나와서 현관문을 닫고 돌아설 때 옆집 문이 열렸다.

철컥!

그리고 커다란 악기를 어깨에 둘러멘 젊은 여자가 나오다가 선우와 정면으로 딱 마주쳤다. 그러다가 둘 다 약간 '어?' 하는 표정으로 아주 잠깐 서로를 쳐다보았다.

왜냐하면 선우는 청바지와 청재킷에 구두 차림인데 여자도 똑같은 복장이었기 때문이다.

하다못해 두 사람이 짙은 블루의 미러 선글라스를 쓰고 있는 것까지 닮았다.

외모적으로 한 가지 다른 점이 있다면 여자가 머리카락을 거의 백발로 탈색을 했다는 사실이다.

선우는 최초로 만난 이웃이라서 한 손을 슬쩍 들고 건강한 흰 이를 드러내 싱긋 웃으며 여자에게 인사를 했다.

시크하게.

"안녕하세요? 오늘 이 집에 새로 이사……."

그렇지만 그는 인사를 끝내지 못했다.

백발녀가 찬바람이 일도록 홱 돌아서서 계단을 내려가기

시작한 것이다.

이 파라다이스맨션은 총 4층이며 한 층에 두 집이 살고 있으니까 방금 그 백발녀가 선우의 가장 가까운 이웃이라는 얘기다.

참고로 선우는 거리에서 귀찮을 정도로 캐스팅을 당할 만큼 눈이 번쩍 뜨이는 훤칠한 미남이다.

선우는 빙긋 웃으며 계단을 내려갔다.

"수줍음이 많은 이웃이로군."

그는 매사 긍정적인 성격이다. 부정적으로 살아봤자 자신에게 이로울 게 하나도 없다는 사실을 일찌감치 터득한 덕분이다.

그는 23살 요즘 젊은이답지 않은 좋은 마인드를 갖고 있었다.

선우가 계단을 내려가고 있을 때 휴대폰에 문자가 왔다.

정비하고 타이어 교체 때문에 맡겨놓은 차를 정비소 직원이 새로 이사한 집까지 갖고 왔다는 내용이다.

파라다이스맨션 일 층 주차장에 선우의 애마 포르쉐 911 카레라4S가 말끔하게 세차되어 서 있다.

하지만 새 차가 아니라 연식이 2007년이라서 딱 10년 됐는데 19번째 의뢰인에게 특별 보너스로 선물 받은 것이었다.

의뢰인은 번쩍번쩍한 스포츠카가 여러 대 있었고 통 크게도 특별 보너스로 그중에 한 대를 고르라고 했는데 선우는 주차장 구석에 먼지를 뒤집어쓴 포르쉐를 골랐다.

수 억짜리 최신형 스포츠카는 분에 넘치고 너무 눈에 띄기도 해서 곤란했다.

정비소 직원이 선우를 보더니 다가와서 공손하게 두 손을 모으고 꾸벅 허리를 굽혔다. 포르쉐 직영 서비스 센터에 정비와 타이어 교체 비용은 이미 지불해 놓았다.

선우는 정비소 직원에게 수고비 5만 원을 주고 차 키를 받았다.

선우는 포르쉐를 몰고 구불구불한 언덕길을 다 내려가서 큰길의 합류 지점에서 좌우를 살피다가 오른쪽 차창 밖으로 저만치 백발녀를 다시 보게 되었다.

그녀는 차도에 내려와 부지런히 한쪽 손을 치켜들면서 빈 택시를 잡고 있었다.

위험하게 차도까지 내려오고 또 계속 손목시계를 들여다보는 걸로 봐서는 시간에 쫓기고 있는 것 같았다.

그런데 빈 택시는 좀처럼 백발녀 앞에 멈추지 않았다.

착하고 인정 많은 오지라퍼 선우는 그냥 지나치지 못하고 포르쉐를 슬그머니 미끄러뜨려서 백발녀 옆에 댔다.

남이라고 해도 태울 판인데 바로 앞집에 마주 보고 사는 이웃의 어려움을 모른 체할 수 없었다.

그런데 백팔녀는 포르쉐를 보더니 인상을 쓰면서 앞쪽으로 더 가서 계속 택시를 잡았다.

택시 잡는 데 포르쉐가 방해하는 것으로 여기는 듯했다.

그런다고 그냥 갈 선우가 아니다.

콩 한 알도 이웃하고 나누어 먹어야 하고, 타인의 어려움을 절대로 그냥 지나치지 말라는 엄마의 하늘 같은 가르침을 말귀를 알아듣기도 전부터 받고 자라온지라 친절과 자비심이 몸에 배어 있는 선우다.

포르쉐를 조금 더 전진시키면서 조수석 창문을 열었다.

"저기요!"

"아… 정말……."

선우가 조수석 쪽으로 상체를 기울여서 부르는데 백발녀는 인상을 살짝 쓰면서 포르쉐를 피해 인도로 올라갔다.

보통 남자들은 친절을 베풀다가도 이 지경까지 오면 그냥 가는데 선우는 엄마의 가르침을 제대로 받았다.

"파라다이스맨션 401호!"

선우가 외치자 포르쉐 뒤쪽으로 가려던 백발녀가 뚝 멈추고 상체를 살짝 굽혀 조수석 안을 들여다보았다.

"402호 새로 이사 온 사람입니다! 좀 전에 만났죠? 어디까지 갑니까?"

백발녀는 태워주겠다고 어디까지 가느냐고 묻는데도 마뜩

찮은 표정으로 빈 택시가 없는지 두리번거리면서 다시 한번 확인을 해보고는 시큰둥하게 대답했다.

"청담동요."

선우는 팔을 뻗어 조수석 문을 열어주었다.

척!

"타십시오."

세상의 모든 여자는 보호해야 할 대상이라고 엄마에게 귀가 닳도록 배운 선우라고 해도 문까지 열어줬는데 백발녀가 타지 않는다면 이번에는 그냥 가버릴 거다.

애원하면서까지 내 차에 태울 필요는 없었다.

그리고 선우가 제일 싫어하는 게 무시당하는 거였다.

백발녀는 마지못해서 조수석에 타더니 커다란 악기 케이스를 앞에 세우고 두 손으로 잡았다.

"그건 뒤에 실읍시다."

악기 때문에 앞창 오른쪽과 조수석 창 쪽 시야가 가려지는 탓에 선우는 턱으로 뒷자리를 가리키며 손을 뻗어 악기를 잡았다.

백발녀가 가만히 있기에 그는 악기를 조수석 뒤에 세웠다.

아까 의뢰받은 실종 여배우 집이 청담동이라고 했지만 선우는 여배우 집까지 갈 건 아니고 그냥 드라이브를 할 생각이었다.

지금까지 53번의 의뢰를 받았지만 선우가 현장에 직접 가 본 것은 10번 정도에 불과했다. 게다가 그 10번은 단서를 찾으려면 현장에 꼭 가봐야만 하는 의뢰였다.

그렇지만 이런 실종 사건은, 특히 잠수라고 의심되는 의뢰는 구태여 집에 가보지 않아도 자료만으로 충분하다.

선우는 아까 매니저 민종태가 메일로 보내준 자료를 봤다.

딱 한 번 대충 훑어본 것 같지만 처음부터 끝까지 한 글자도 빠짐없이 꼼꼼하게 다 읽었다.

그의 4가지 능력 중에 하나는 머리가 어마어마하게 좋다는 사실이다.

거기에 더해서 한 번 본 것은 절대로 잊어버리지 않는 뛰어난 기억력은 덤이다.

그러니까 그는 드라이브를 하면서 아까 본 자료들을 정리, 종합해서 몇 개의 결론을 끄집어내면 된다.

그는 늘 그런 식으로 의뢰를 해결해 왔다.

최첨단 정보화 시대니까 수집한 정보만 제대로 정확하게 살펴보면 항상 그 안에 해답이 있었다.

매니저 민종태는 정보, 자료 수집이 탁월하고 선우는 그걸 정리하는 데 타의 추종을 불허한다.

즉, 이 둘은 환상의 콤비였다.

포르쉐는 한남대교 위를 달리고 있었다.

백발녀는 자꾸 손목시계를 봤다.

그러면서도 선우에게 더 빨리 가자는 식의 요구를 하지 않았고 그저 초조한 표정만 지을 뿐이다.

"약속 있습니까?"

선우가 슬쩍 보면서 묻자 백발녀는 입을 굳게 다물고 있다가 10초쯤 지나서야 조그만 목소리로 대답했다.

"5시에 오디션이 있어요."

음색이 고우면서도 약간 허스키한 목소리가 듣기 좋았다.

"네."

선우는 더 이상 묻지 않았다. 백발녀에 대해서 궁금하지 않고 그다지 관심이 없기 때문이다.

빈 택시를 잡지 못해서 쩔쩔매고 있는 백발녀를 보고 친절을 베풀기는 했지만 쓸데없는 말을 나불거리면서 대화를 이어나가고 싶은 생각은 없었다.

지금 시간이 4시 35분이고, 청담동까지는 7.5㎞ 거리에 13분이 걸린다고 내비게이션에 떴으니까 5시 전에 너끈히 도착할 수 있을 것이다.

올림픽대로 종합 운동장 방향이 시속 5㎞로 서행하더니 성수대교 조금 못 미친 곳에서 끝내 차들이 서버렸다.

도로는 앞뒤로 수백 m나 길게 꽉 막혀서 순식간에 주차장이 돼버렸다.

백발녀는 초조하게 손목시계를 보다가 어딘가로 전화를 걸었다.

"길이 막혀서 좀 늦을 거 같아요. 오디션 시간을 30분쯤 뒤로 늦추면 안 될까요?"

그녀가 사정을 했지만 전화를 받은 쪽에서 안 된다고 딱 잘라서 하는 말을 선우도 들었다.

백발녀는 더 이상 사정하지 않고 통화를 끝냈다.

아예 정지해 버린 수많은 차에서 사람들이 내려 앞쪽을 기웃거렸다.

선우도 내려서 앞쪽을 쳐다보았다.

시력이 엄청 좋은 그는 200m쯤 전방에 여러 대의 경찰차들이 도로를 통제한 것을 발견했다.

그리고 그 앞쪽에 20대가 넘는 경찰차들이 한 대의 승용차를 포위하고 있으며, 경찰들이 경찰차를 엄폐물 삼아서 승용차에 총을 겨누고 있는 광경도 보였다.

아마 승용차 안에 흉악범이 타고 있는 모양이었다.

"차에서 기다려요."

선우는 이미 체념한 듯한 표정을 짓고 있는 백발녀에게 조수석 문을 열며 말하고는 문을 닫았다.

선우는 경찰 통제선 가까이에 접근했다.

그가 있는 곳에서 포위당한 승용차까지의 거리는 50m쯤 되고 승용차는 짙은 선팅을 했지만 그의 뛰어난 시력은 그 안을 꿰뚫어볼 수 있었다.

그의 뛰어난 시력은 그가 선천적으로 타고난 4개의 특수한 능력에 속하지 않는다. 시력은 그저 부수적인 작은 덤 같은 것일 뿐이다.

승용차 안에는 4명이 타고 있었다. 운전석과 조수석, 뒷자리에 2명이다.

그런데 운전석과 조수석, 뒷자리의 한 명까지 3명은 두 눈이 뚫린 복면을 뒤집어쓴 모습이고 각자 권총을 한 자루씩 지니고 있었다.

뒷자리에 여자가 한 명 있으며 같은 뒷자리에 있는 복면인이 권총을 겨누고 있었다.

유니폼을 입은 여자는 겁에 질린 채 고개를 숙이고 있으며 극도로 신경이 날카로워진 뒷자리의 범인이 여자를 윽박지르는 모습이 보였다.

그때 선우 휴대폰이 울렸다.

매니저 종태 형이다.

일 외에는 전화를 하지 않는 종태 형이라서 일단 받았다.

—골드핑거.

"나 좀 바빠."

—골드핑거, 인질 납치 사건이야. 한 시간 전에 신도은행 부천 심곡 지점에서 무장 강도 사건이 벌어졌는데 거기에서 여자 직원이 인질로 납치됐어.

선우는 '어?' 하는 표정을 지었다.

—여직원을 구해달라고 신도은행 은행장이 의뢰했어. 이상평 씨한테 골드핑거 얘기를 들었다는 거야.

이상평 씨는 예전 의뢰인 중에 한 명이고 선우의 일처리에 200% 만족한 사람이었다.

—현재진행형인 사건을 어떻게 해결해 달라는 건지, 나 참… 무리겠지? 못 하겠다고 할게.

선우는 지금 눈앞에서 벌어지고 있는 상황이 종태 형이 조금 전에 의뢰를 받았다는 신도은행 무장 강도 사건일 것이라고 생각했다.

신도은행 은행장도 어지간히 답답했나 보다. 경찰이 무장 강도들을 추격하고 있는 상황에 사설 만능술사인 골드핑거에게 의뢰하다니 말이다.

어떻게 보면 골드핑거의 실력이 그 정도로 인정받고 있다는 방증이기도 하고, 신도은행 은행장이 그만큼 다급하다는 뜻이기도 했다.

—알았어. 끊을게.

"접수해."

—응? 뭐라 그랬냐?

"은행 강도 접수하라고."

—너 어떻게 하려고…….

"형, 말 많다."

선우는 통화를 끝내고 범인들이 탄 승용차를 주시하면서 한 차례 크게 심호흡을 했다.

경찰들이 마이크에 대고 투항을 권유하고 있지만 범인들은 요지부동이었다.

그때 조수석의 범인이 차에서 내리더니 손에 쥐고 있는 권총을 휘두르면서 뭐라고 악을 썼다.

3분 안에 포위망을 풀지 않으면 인질을 죽이겠다는 것이다.

이런 상황에서 경찰로서는 포위망을 풀고 범인들의 도주로를 터줄 수밖에 없는 입장이다.

선우는 자리를 확보하기 위해서 차들 사이를 요리조리 빠져나가 대로 오른쪽의 가장자리로 나가서 숲이 있는 오르막을 올라가다가 멈추고 돌아섰다.

거리는 조금 전보다 멀어진 70m가 됐지만 범인들이 탄 승용차의 오른쪽 측면이라서 실내가 손에 잡힐 듯이 훤하게 보였다.

선우는 승용차 뒷자리를 주시하면서 오른손을 들어 올려 엄지와 검지를 비비며 무언가 돌돌 마는 시늉을 했다.

그러자 그의 엄지와 검지가 갑자기 금빛으로 물들었고, 곧 엄지와 검지 사이에 금색의 콩알 같은 것이 생겼다.

금빛 손가락.

골드핑거다.

그는 손가락을 움직여서 금색 콩알을 중지 손톱 위에 얹고 꿀밤을 때릴 때처럼 엄지로 지그시 눌렀다가 세차게 튕기듯이 폈다.

핑!

다음 순간, 금색 콩알이 승용차를 향해 일직선으로 쏘아갔다.

승용차 뒷자리 오른쪽에 있는 은행 여직원은 무릎에 얼굴을 묻고 있으며 그 옆에 앉은 복면의 범인은 권총을 여직원 뒷머리에 겨누고 있었다.

팍!

"꺽!"

그때 뒷문 오른쪽 유리창에 작은 구멍이 뚫리면서 금색 콩알이 뒷자리에 앉은 범인 옆머리에 적중되는 순간, 그의 상체가 왼쪽으로 확 젖혀졌다.

움찔 놀란 운전석과 조수석의 범인들은 급히 뒤돌아보았다.

팍! 팍!

그 순간 조수석 유리창을 뚫고 들어온 금색 콩알이 조수석의 범인 옆머리에 맞았고, 그의 머리가 왼쪽으로 숙여지는 순간, 또 하나의 금색 콩알이 방금 뚫린 구멍으로 정확하게 쏘아 들어와서 운전석에 있는 범인의 옆머리를 강타했다.

금색 콩알은 하나같이 범인들의 옆머리에 적중됐으며 맞는 순간 공기 중에 흩어졌다.

원래 공기였으므로 쓰임새가 끝나서 공기로 돌아간 것이다.

범인들은 죽지 않고 기절했다.

방금 선우가 발휘한 것이 바로 캔 맥주를 차게 만드는 재주의 본론인 공신기라는 능력이다.

선우는 포르쉐로 돌아가며 종태 형에게 문자를 보냈다.

[신도은행 의뢰 클리어.]

* * *

선우의 포르쉐가 백발녀의 오디션 장소에 도착한 시간은 5시 45분이었다.

오디션 약속 시간에 45분이나 늦었다.

"늦었네요."

포르쉐에서 악기를 안고 내리는 백발녀에게 선우가 말했다.

사실 선우가 잘못한 것은 전혀 없다. 경찰이 도로를 차단하는 바람에 늦은 것을 그로서도 어쩔 재간이 없었고 그것을 백발녀도 잘 안다.

그런데도 백발녀는 일언반구 가타부타 한 마디 말 없이 오디션 장소인 빌딩 현관으로 걸어갔다.

선우는 골목 중간쯤에 있는 8층 빌딩의 PBK엔터테인먼트라는 간판을 보고 나서 누군가와 통화를 했다.

"하 사장님, 선우입니다."

—야아… 선우 씨! 오랜만이야!

저쪽에서 걸쭉한 남자의 반가운 목소리가 터졌다.

"혹시 PBK엔터테인먼트 아십니까?"

—거긴 왜?

"하 사장님께서 아시는 곳인가 해서요."

—후배가 하는 회사야.

"그럼 부탁 하나 들어주십시오."

—뭔데? 말해봐. 선우 씨 부탁이라면 우리 회사 통째로 달라고 해도 당장 주지.

선우는 오디션에 늦은 백발녀가 오디션을 볼 수 있게 해달라고 부탁했다.

—그래? 그 사람 나한테 보내. 선우 씨 부탁이면 그 사람 실력이야 어쨌든 간에 무조건 내가 데뷔시켜 줄게!

"아닙니다. 그냥 PBK에서 오디션만 보게 해주면 됩니다."

—그래? 알았어. 지금 당장 내가 후배한테 전화할게. 그런데 선우 씨, 우리 너무 오래 못 본 거 알아? 술 한잔하자. 오늘 저녁 어때?

선우는 빙그레 미소 지었다.

"연락드리겠습니다."

통화를 끝낸 선우는 PBK엔터테인먼트 빌딩을 한 번 쳐다보고 나서 포르쉐를 출발시켰다.

그가 방금 통화한 사람 역시 예전 의뢰인이었으며 선우의 일처리에 매우 만족했다.

이제 백발녀는 오디션을 볼 수 있을 것이니까 자기 실력을 마음껏 발휘하기만 하면 된다.

방금 선우가 백발녀를 도와준 건 오지랖이 넓어서가 아니다.

아니, 오지라퍼라고 해도 괜찮다.

하지만 전화 한 통으로 물에 빠진 사람을 건질 수 있다는 것은 얼마나 다행한 일인가.

포르쉐를 모는 선우는 입가에 엷은 미소를 머금었다.

시크하게.

"굿럭, 백발녀."

마리는 오디션 시간에 늦어도 엄청 늦었기 때문에 당연히 오디션을 보지 못할 거라고 생각했다.

그래도 여기까지 왔는데 그냥 갈 수는 없어서 1%의 기대를 안고 현관문을 밀었다.

그런데 안내 데스크에서 그녀가 누군지 확인하더니 누군가와 인터폰으로 통화를 했고 잠시 후에 PBK엔터테인먼트 대표라는 사람이 직접 일 층 안내 데스크로 내려왔다.

대표는 마리를 데리고 엘리베이터에 타서는 그녀에게 조심스럽게 물어보았다.

"하운석 선생님을 어떻게 알고 있는 겁니까?"

연예계 최고의 거물인 하운석이라면 귀동냥으로 들어서 알고 있는 마리다.

그녀는 해맑은 표정으로 대답했다.

"모르는 사람인데요?"

안소희.

54번째 의뢰인이 찾는 여배우다.

가수로 데뷔했지만 탤런트와 여배우로 더 큰 인기몰이를 하고 있는 현재 대한민국을 대표하는 아이콘 중에 한 명.

선우는 안소희의 최측근부터 한 명씩, 그리고 그녀가 평소 잘 가는 곳들을 빠짐없이 체크해 나갔지만 어디에서도 흔적이 발견되지 않았다.

현대사회에서의 인간이란 어디에서 무엇을 하든 반드시 흔적을 남기게 마련이다.

그러니까 안소희는 어딘가에 흔적을 남겼을 것이다.

선우는 안소희가 이틀 전 저녁 무렵에 자신의 차 BMWX5를 직접 몰고 집을 나갔다는 사실에 입각하여 일단 차량 수배에 나섰다.

청담동 주소지에 등록한 BMWX5 3천 cc 중에서 흰색은 모두 5대다. 생각보다 많지 않았다.

“형이 좀 알아봐 줘.”

경찰 교통 CCTV 쪽은 민종태가 담당하고 있다.

민종태가 할 수 없으면 선우가 나서는데 웬만한 건 그의 선에서 다 해결되었다.

선우는 파라다이스맨션에 돌아와서 집 안을 대충 정리했다.

24평에 방 2개 거실과 주방, 욕조 있는 화장실을 갖춘 이곳은 보증금 3천에 80만 원 월세이고 일 년치 월세 960만 원을 선불로 주고 들어왔다.

세간이라고는 별로 없었다. 선우에게 제일 중요한 컴퓨터 시스템은 작은 방에 있었다.

정리라는 것도 컴퓨터 시스템을 정상적으로 작동시키는 것이 전부다.

웬만큼 다 정리하고 나니까 밤 10시였다.

출출해서 라면을 끓여먹을까 하다가 아까 언덕 아래쪽에 식당 몇 군데를 본 기억이 있어서 밖으로 나갔다.

선우는 계단을 내려가다가 잘생긴 금발의 백인 청년을 한 명 만났다.

"안녕하세요?"

백인 청년이 약간 서툰 한국어로 먼저 반갑게 인사했다.

"여기 사세요?"

"네. 3층 302호 살아요."

선우 바로 아래층이다.

"나는 오늘 402호에 이사 왔습니다."

"반갑습니다. 나는 미국 사람 해리입니다."

"강선우입니다. 잘 부탁합니다."

선우는 미국 청년 해리가 내미는 손을 잡았다.

파라다이스맨션에는 백발녀처럼 싸가지 없는 사람만 사는 게 아니었다.

제2장
파라다이스맨션

집을 나선 선우는 언덕길을 내려가서 제일 먼저 눈에 띄는 순댓국집에 들어갔다.

'남원토종순대'라는 간판이 초라했다.

늦은 밤이라서 식당 안은 썰렁했는데 중간쯤 테이블에 뒷모습을 보인 채 앉아서 식사를 하고 있는 사람은 백발녀가 분명했다.

백발녀 옆 의자에는 악기가 세워져 있었다.

홀에는 백발녀 혼자뿐이고 주방 안에 누가 있는 것 같은데 손님이 온 걸 모르는 것 같았다.

선우는 백발녀 뒤 입구 쪽에 앉아서 벽에 붙어 있는 메뉴를 보고 주문을 했다.

"여기 순댓국 하나 주세요!"

백발녀가 선우를 뒤돌아보고, 주방에 있던 아줌마가 내다보며 미소로 대답했다.

선우는 뒤돌아보는 백발녀와 눈이 마주치자 빙긋 웃으며 고개를 까딱거려 알은척했다.

백발녀가 차갑고 건조한 성격인 것 같아서 먼저 말을 걸고 싶지는 않았다.

그때 선우에게 전화가 왔다. 부산 기장 고향집의 엄마다.

"네, 엄마. 이사 잘했어요."

선우가 오늘 이사를 한다니까 엄마가 전화를 한 것이다.

엄마는 부산 기장읍 대변항에서 멸치잡이배 한 척을 갖고 있는 선주이며, 부두에서 마른 멸치와 멸치젓을 파는 가게와 멸치 전문 식당을 운영하고 있다.

사람들은 엄마를 기장댁이라고 불렀다.

"저는 잘하고 있으니까 걱정하지 마세요, 엄마."

엄마하고 통화를 끝냈을 때 식당 아줌마가 주문한 순댓국을 갖고 나왔다.

그때 백발녀가 선우를 두 번째로 돌아보았다.

"이리 와서 같이 먹을래요?"

식당 아줌마는 백발녀 테이블 앞에서 멈추고 선우를 쳐다보며 어떻게 할 것인지 표정으로 물었다.

"거기 놔주세요."

선우는 일어나서 백발녀 맞은편에 앉았다. 그녀가 먼저 합석을 청했는데 거절할 이유가 없었다.

그녀 테이블에 소주 빈병이 2개고 그녀가 3병째 마시고 있는 중이라는 걸 선우는 맞은편에 앉아서야 알게 되었다.

백발녀는 순댓국과 밥에는 거의 손을 대지 않고 깡소주를 마셔대고 있었다.

"오늘 고마웠어요."

백발녀는 손에 소주잔을 쥐고 선우에게 고개를 까딱거렸다.

선글라스를 벗은 그녀의 눈은 몹시 크고 서글서글했다. 특히 눈썹이 짙어서 인상적이었다.

한마디 하고 나서 눈을 내리까는데 속눈썹이 얼마나 긴지 낙타 눈썹 같았다.

백발녀는 소주 3병째 거의 다 마셔가고 있는데도 정신이 말짱해 보였다.

다만 얼굴이 발그레하고 눈이 조금 풀어졌을 뿐이다. 대단한 주량이다.

선우는 순댓국에 통째로 밥을 말면서 물었다.

"오디션 어떻게 됐습니까?"

예의상 묻는 거다.

백발녀는 시니컬하게 픽 웃었다.

"떨어졌어요."

그녀도 예의상 대답했다. 그녀의 목소리는 오디션에서 수없이 떨어져 본 사람처럼 아무렇지도 않았다.

그렇지만 지금처럼 깡소주를 3병씩이나 마시고 있는 걸 보면 오디션에 떨어진 걸 대범하게 받아들이는 것 같지는 않아 보였다.

"네."

선우는 고개를 끄떡였다.

그는 뭐라고 위로를 해줄 만큼 주변머리가 있는 것도 아니고 그 정도로 백발녀하고 가까운 사이도 아니다.

그러고는 대화가 끊어졌다.

선우는 묵묵히 식사를 하고 백발녀는 빈 잔에 소주를 따라서 마시고 또 부어서는 마시기를 반복했다.

그럴 거면 무엇 하러 선우에게 합석을 하자고 그랬는지 모르겠다. 고맙다는 말을 할 거면 그냥 뒤돌아보면서 해도 됐을 것이다.

그녀가 4병째 소주를 시키고는 소주병을 손에 쥐고 선우를 쳐다보았다.

"마실래요?"

이제야 선우가 생각이 났나 보다.

선우는 아줌마가 갖다 준 빈 잔을 내밀었다.

"주십시오."

그렇게 오늘 처음 만난 이웃사촌의 첫 술자리가 시작됐다.

* * *

국정원 내 안보수사국.

"국장님, 이거 한번 보십시오."

안보수사국 직원 한 명이 USB를 들고 안보수사국 국장실에 들어왔다.

직원은 국장 컴퓨터에 USB를 꽂고 동영상 하나를 띄웠다.

화면에는 오늘 오후 올림픽대로상에서 있었던 신도은행 부천 심곡 지점 무장 강도들이 탄 승용차와 경찰들 간의 대치하고 있는 장면이 떴다.

"오늘 오후에 있었던 올림픽대로 신도은행 무장 강도 대치 상황을 아파트 단지 쪽 상공에서 드론이 촬영한 겁니다."

범인들이 탄 승용차가 가깝게 주욱 줌인됐다.

"은행 강도 범인 3명 모두 하나같이 오른쪽 옆머리에 충격을 받고 기절한 채 검거됐습니다."

"기절해?"

"그렇습니다."

저격수가 저격했다면 기절시키지 않고 사살했을 것이다.

단단한 인상의 47세 박중현 국장은 오랜 경험에서 오는 본능적인 감을 잡고 슬쩍 미간을 좁혔다.

"뭐가 그런 거야?"

"여길 보십시오. 뒷자리 오른쪽 창문입니다."

직원은 승용차를 더욱 줌인해서 뒷자리 오른쪽 창문을 클로즈업했다.

그때 창문에 아주 작은 구멍이 뚫리는 게 보였다.

직원은 동영상을 뒤로 약간 돌렸다가 아주 느리게 다시 작동했다.

금색의 콩알이 창문을 뚫는 장면이 여러 스틸 컷으로 나누어져서 나타났다.

"방금 거기 스톱!"

박중현 국장이 낮게 외치자 직원은 그럴 줄 알았다는 듯 능숙하게 화면을 뒤로 감았다가 금색 콩알이 유리창을 뚫기 직전 상황에서 정지시켰다.

"음, 탄환이 아니군."

박중현은 눈살을 찌푸리며 화면을 쏘아보았다.

"저런 무기는 없습니다."

"그렇지."

박중현은 손가락으로 눈썹을 문질렀다.

"더구나 범인들이 죽지 않고 기절했다는 말이지?"

"그렇습니다. 저격이라면 백이면 백 범인들이 죽었어야 말이 됩니다."

"음……."

박중현은 어떤 신비하고 비밀스러운 조직의 일원이다.

그 조직은 암암리에 대한민국 정치와 경제를 움직이고 있으며 전 세계 주요 국가로도 손을 뻗치고 있었다.

박중현은 국정원 안보수사국 국장이지만 대한민국이 아닌 그 조직의 최고 우두머리에게 목숨을 바쳐서 충성하고 있는 인물이다.

박중현은 잠시 생각에 골몰하더니 벌떡 일어섰다.

"USB 빼서 줘."

그는 직원이 건네주는 USB를 소중하게 안주머니에 넣고 서둘러서 사무실을 떠났다.

백발녀 마리는 소주 4병째를 마시면서 취기가 꽤 올라서야 말문이 터졌다.

그녀는 자기 이름이 유마리이며, 23살이고, 싱어송라이터라고 소개했다.

그러고는 현재 대한민국 연예계가 처한 모순적 현실에 대해서 열변을 토했다.

마리는 그중에서 자신이 가장 열받는 것은 대한민국 음악계가 온통 아이돌 그룹 세상으로 변질하고 있다는 사실이라는 것이다.

아이돌 그룹에 들어가려면 노래 실력은 둘째 치고 무조건 예쁘고, 키 크고, 늘씬하고, 춤을 잘 춰야 한다는 게 얼마나 가소롭고 개탄할 일이며 대한민국 음악계를 퇴보시키는 일이냐고 말할 때 그녀는 거의 절규를 했고 또 입에서 불길이 토해지는 것 같았다.

"가수가 노래만 잘 부르면 되지 뭐가 더 필요한 건데요? 안 그래요?"

"마리 씨는 키 크고 늘씬한 데다 예쁜 편인데 아이돌 그룹에 도전해 보지 그래요?"

라고 위로의 말을 했다가 선우는 그녀가 휘두르는 소주병에 머리를 맞을 뻔했다.

어쨌든 마리는 소주 5병을 마시고 고주망태가 되어 횡설수설하더니 잠시 후에 뻗어버렸다.

마리는 테이블에 엎어져서 잠이 들었다. 선우가 아무리 흔들어서 깨워도 요지부동 꿈쩍도 하지 않았다.

선우는 어쩔 수 없이 마리를 들쳐 업고 집으로 향했다.

순댓국집에서 파라다이스맨션까지는 200m쯤 되는 언덕길이고, 선우는 마리를 업은 데다 그녀의 악기까지 들쳐 메었지만 조금도 무겁지 않았다.

그의 능력 중에서 힘에 해당하는 신력(神力)은 금침대법 5개의 금침에 의해서 금제를 당한 상태다.

그런데도 그의 신력이 워낙 뛰어나다 보니까 금침이 100% 제어를 하지 못했다.

그래서 30% 정도의 힘을 사용할 수 있는데 그게 어느 정도인지는 그 자신도 제대로 모르고 있다. 전력으로 힘을 사용해 본 적이 없었기 때문이다.

금침으로도 제어하지 못하는 경우는 선우의 가문 천여 년 동안 한 번도 없었다.

아마도 그는 돌연변이인 모양이다.

그의 가문 자체가 돌연변이인데 그렇다면 그는 돌연변이 가문의 돌연변이인 셈이다.

선우에게 업힌 마리는 세상모른 채 자고 있다.

12시가 넘어서 언덕길은 인적이 드물고 희미한 가로등 불빛만 비추고 있다.

오늘 이렇게 만난 선우와 마리의 인연은 악연인지 선연인지 모르겠다.

선우는 마리를 처음 만났을 때부터 친절과 배려를 베풀었지만 두 번 다 끝이 좋지 않았다.

마리는 오디션에서 떨어졌고 지금은 고주망태가 되어 선우에게 업혀 있다.

선우가 파라다이스맨션에 도착했을 때 좁은 주차장 화단 쪽에 아슬아슬하게 소형차를 주차하고는 누군가 내렸다.

소형차 옆면에는 '은초롱꽃집'이라는 상호와 전화번호, 이메일 주소가 적혀 있었다.

"누구세요……?"

소형차에서 내린 여자는 다가오다가 말고 입구의 흐릿한 조명 아래 서 있는 선우를 경계하듯 살펴보았다.

"오늘 402호에 이사 온 사람입니다."

"아… 그러시군요."

아담한 체구에 귀여운 용모의 꽃집 여자는 그제야 경계심을 풀고 다가왔다가 선우에게 업힌 사람이 마리라는 걸 알아보고 깜짝 놀랐다.

"어머? 401호 마리 씨 아니에요?"

"네. 많이 취했습니다."

"어쩌다가 이렇게……."

꽃집 여자는 마리를 보며 걱정스러운 표정을 지었다.

"마리 씨 이런 모습 오랜만이에요."

이렇게 취한 게 처음은 아니라는 뜻이다.

"저기……."

선우는 꽃집 여자에게 도움을 받아볼 생각이다. 어떻게 하든지 마리를 깨워서 자기 집에 들여보내는 것이다.

그런데 꽃집 여자는 일 층 101호 앞에서 선우에게 꾸벅 허리를 굽혔다.

"그럼 올라가세요."

그러더니 현관문을 열고 들어가서 콩 하고 닫아버렸다.

"하아……."

선우는 한숨을 내쉬고 계단을 올라가 4층에 도착했다.

401호 현관 앞에서 마리를 내려서 팔을 어깨에 걸치고 세우는데 자꾸만 주저앉았다.

"마리 씨, 집에 다 왔습니다. 정신 차리세요."

그러나 마리는 연체동물처럼 흐느적거리면서 주저앉으려고만 했다.

선우가 살펴보니까 마리 현관문에는 번호 키가 달려 있다.

인사불성이 된 그녀를 깨워서 비밀번호를 알아내는 것은 불가능할 것 같았다.

선우는 결국 마리를 자신의 집으로 데리고 들어갈 수밖에 없었다.

마리를 안방 침대에 눕혀서 이불을 덮어준 후에 그는 자신이 잘 이불을 거실에 깔아놓고 작은 방으로 들어갔다.

그는 컴퓨터를 켜고 메일을 확인했다.

그중에서 특수 보안 처리 된 메일이 한 통 있다.

선우는 그 메일을 읽고 거기에 대한 답장을 작성해서 보내는 데 30분을 보냈다.

그때까지도 민종태에게서는 아무런 연락이 없다.

민종태는 작업 진행 과정 같은 것은 생략하고 언제나 최종 결론만 선우에게 보고한다.

아직도 그의 연락이 없다는 것은 안소희의 BMWX5가 마지막으로 발견된 곳을 찾지 못했다는 뜻이었다.

새벽 2시쯤 거실로 자러 나온 선우는 안방에서 이상한 소리가 흘러나오는 것을 듣고 들어가 보았다.

놀랍게도 침대에서 마리가 일어나 앉아서 토하고 있었다.

"우욱… 욱……."

꽤 오래전부터 토하고 있었는지 난리가 아니었다.

처음에는 누워서 토한 것 같다. 그녀의 얼굴이며 옷, 침대가 온통 토사물 범벅이었다.

선우는 급히 마리 등을 두드려 주었다.

마리는 토하기는 하지만 잠에서 깨지는 않았다.

선우가 등을 두드리니까 웅웅… 하는 소리를 내며 입에서 쓴 물을 줄줄 흘렸다.

토하기를 마친 마리는 다시 벌렁 자빠지듯이 누워서 잠이 들었다.

방 안에 퀴퀴한 토사물 냄새가 가득했다.

선우는 난감했다. 토사물 때문에 침대에 난리가 난 것은 차치하고서라도 마리를 토사물 범벅 속에서 자도록 내버려 둘 수는 없기 때문이다.

한참 고민하던 선우는 마리를 안아서 화장실 바닥에 앉히고 옷을 벗기기 시작했다.

토사물이 선우의 옷과 두 손에 잔뜩 묻었지만 어쩔 수가 없는 일이다.

마리의 청재킷을 벗기는 건 그런 대로 수월했지만 몸에 딱 붙는 레깅스 같은 티셔츠와 청바지를 벗기느라 진땀을 흘렸다.

티셔츠와 청바지까지 토사물 범벅이어서 벗기지 않을 수가 없었다.

그런데 꽉 끼는 청바지를 벗기다가 팬티가 같이 쑥 벗겨지는 바람에 소스라치게 놀랐다.

"어?"

옆으로 비스듬히 앉아 있는 마리의 청바지와 팬티가 한꺼번에 허벅지까지 벗겨지면서 희고 뽀얀 엉덩이와 은밀한 검은 숲이 살짝 드러났다.

"이… 이거… 야단났다……."

선우는 보지 않으려고 외면한 채 떨리는 손으로 옷을 다시 입히느라 땀을 뻘뻘 흘렸다.

"으음……."

그때 마리가 낮은 신음 소리를 내면서 눈을 떴다.

선우는 심장이 덜컥 정지했다.

'흐윽!'

마리는 게슴츠레 반쯤 뜬 눈으로 선우를 바라보다가 중얼거렸다.

"너… 뭐 하는 거야……."

"아… 나는 마리 씨가 자다가 토해서… 어쩔 수 없이 옷을 벗기는 중입니다……."

엄청난 능력을 몇 개나 지닌 만능술사 골드핑거인 선우지만 여자 경험이 전혀 없어서 그야말로 숙맥이다. 지금은 그의 길지 않은 생애에서 최대의 고비였다.

마리는 여전히 게슴츠레한 눈으로 선우에게 주먹을 내밀어 보였다.

"너… 이 자식 죽었어……."

"마리 씨, 내 말 좀 들어보십시오."

그렇지만 마리는 선우의 말을 들을 수가 없다. 벌써 바닥에 뺨을 대고 다시 잠들었기 때문이다.

어쨌든 선우는 땀을 뻘뻘 흘리면서 마리의 팬티와 브래지어만 남기고 옷을 벗기는 데 성공했다.

그리고 수건에 물을 적셔서 얼굴과 목에 묻은 토사물을 닦아주었다.

티셔츠 안으로 스며든 토사물 국물이 브래지어와 풍선처럼 부푼 가슴과 배에도 묻었지만 그건 차마 건드릴 수가 없어서 내버려 두었다.

반라의 모습으로 화장실 바닥에 누워 있는 마리의 모습은 정말 환상적으로 늘씬하고 아름다웠다.

이 정도 비주얼이면 걸 그룹을 하고도 남을 텐데, 어째서 그걸 권하는 선우의 머리를 소주병으로 갈기려고 할 만큼 화를 낸 건지 모르겠다.

선우는 토사물로 더럽혀진 침대보와 이불, 마리의 옷을 둘둘 말아서 베란다 세탁기 앞에 던져놓고, 거실에 내다놓은 이불을 침대에 깔아 마리를 눕히고 나서 기진맥진해 버렸다.

단언하건대 그는 절대로 이 정도로 지치는 사람이 아니다. 하지만 지금 그는 혼자서 수백 명의 적과 전력으로 싸우고 난 직후처럼 파김치가 되었다.

부가아아-

선우의 포르쉐가 차가운 새벽의 강바람을 뚫고 올림픽대로를 질주하고 있다.

여배우 안소희의 차 BMWX5가 마지막으로 발견된 곳이 미사리라는 민종태의 전화가 온 것은 20분 전이었다.

마리의 뒤처리를 다 하고 파김치가 된 몸을 이불도 없는 거실에 겨우 눕혔을 때 민종태의 전화가 와서 선우는 그대로 튀어나온 것이다.

미사리라고 하면 제일 먼저 떠오르는 게 카페촌이다.

안소희가 카페촌 어딘가에 틀어박혀 있다면 안심이지만 지금으로선 그럴 가능성이 적다.

지금이 새벽 4시니까 안소희가 잠적한 지 오늘로서 사흘째가 시작되고 있었다.

아무리 미사리 카페촌을 광적으로 좋아한다고 해도 상식적으로 사흘씩이나 틀어박혀 있을 만한 장소는 아니다.

게다가 안소희에 대한 자료에 의하면 그녀는 평소 미사리 카페촌은 한 번도 가본 적이 없었다.

그래서 선우는 안소희가 최소한 스스로의 의지로 카페촌에 간 것은 아니라고 판단했다.

그녀가 스스로 잠적을 했다면 미사리에서 찾을 수 있겠지만 그게 아니고 누군가에 의해서 납치된 거라면 미사리에서 찾을 수도 있고 아닐 수도 있다.

후자일 경우, 그녀를 납치한 게 초짜라면 미사리에서 쉽게 찾아낼 수도 있을 테고, 그게 아니라 전과가 있거나 용의주도한 자라면 추적을 따돌리려고 미사리를 지나쳐 갔을 테니까 찾는 게 조금 어려워질 것이다.

역시 안소희는 미사리에 없었다.

한 가지 소득이 있다면 그녀의 흰색 BMWX5를 미사리 조정경기장과 한강 사이에 조성된 비닐하우스촌 어느 구석에서 발견했다는 사실이다. 버려진 것이다.

선우가 2시간 동안 미사리 카페촌과 비닐하우스촌을 샅샅이 뒤진 결과였다.

차는 잠겨 있었지만 선우는 기술을 발휘해서 차 문을 열고 안을 살펴보았다.

별다른 흔적은 발견되지 않았다. 누군가 인위적으로 차 내부를 깔끔하게 정리한 흔적이 역력했다.

안소희는 납치되었고 납치범은 전과자이거나 용의주도한 자가 분명했다.

선우는 민종태에게 전화를 했다.

"형, 안소희 납치야."

—그래? 이제 어떻게 하면 될까?

민종태는 놀라지 않고 냉철했으며 어째서 납치라고 말하는지에 대해서도 꼬치꼬치 캐묻지 않았다.

프로이기 때문이다 그는 어지간한 일에는 놀라지 않는데 그건 선우하고 비슷했다.

"형, 안소희 차가 미사리 카페촌 CCTV에 찍힌 시간이 5월 9일 밤 9시 25분이야. 그녀가 집에서 나간 게 저녁 6시 10분 이랬지?"

—응. 청담동에서 미사리까지 18㎞ 정도인데 그 시간이 퇴근 시간이라서 막힌다고 해도 한 시간이면 충분히 갈 수 있는 거리야. 그러면 중간에 약 2시간이 비는데 그사이에 납치된 건가?

"그렇다고 봐야지. 형, 지도 띄워봐."

—띄웠어.

선우는 휴대폰에 맵을 띄워 자신이 서 있는 지역을 탐색하여 한 곳을 확대했다.

"한강유역환경청사거리에서 조정경기장을 지나 비닐하우스촌으로 진입하는 길이 있어. 지도에는 '미사동로'라고 나와 있어."

—안다.

선우는 비닐하우스촌에서 한강유역환경청사거리로 나오는 길목에 높이 매달려 있는 CCTV를 올려다보았다.

"거기 CCTV가 있어. 형, 안소희 차가 카페촌에 도착한 게 9시 25분이잖아. 그러니까 그때부터 30분에서 한두 시간 사이에 비닐하우스촌에서 나온 차량들 조사해 봐."

납치범이 안소희의 BMWX5를 비닐하우스촌 후미진 곳에

유기하고 다른 차량에 그녀를 태우고 이곳을 떠났을 것이라고 가정한 것이다.

—알았다. 그런데 이거 납치일 가능성이 높은데 의뢰인에게 알려야 하는 거 아니냐?

"아직 알리지 마. 경찰이 수사에 착수하면 범인이 더 깊이 숨을 거야."

—그래도 납치라는 걸 인식했으면서도 경찰에 신고를 하지 않으면 형법상…….

"끊어."

선우는 일방적으로 통화를 끊고 비닐하우스촌 안으로 걸음을 옮겼다.

공칠 가능성이 크지만 그래도 범인이 안소희를 비닐하우스촌 어딘가에 감금했을 수도 있기 때문에 여길 찾아보지 않을 수가 없었다.

선우는 비닐하우스촌을 끝에서 끝까지 샅샅이 뒤졌지만 안소희를 찾지 못했다.

그나마 비닐하우스촌이 그리 넓지 않아서 다행이었다.

범인은 이곳에 미리 차를 대기시켜 놓았다가 안소희를 태우고 다른 장소로 이동한 것이 분명하다.

이렇게 되면 시간과의 싸움이다. 늦어질수록 안소희가 위험해지기 때문이다.

선우가 집에 돌아오니까 정오 12시가 다 돼가고 있었다.

마리가 아직도 자고 있을지 깨어났다면 어떻게 하고 있을지 궁금했다.

그는 아까 새벽에 자신이 마리에게 해준 일 때문에 이제 곧 자신에게 불어닥칠 재앙에 대해서는 전혀 예측을 하지 못하고 있었다.

탁!

현관문을 열고 거실로 들어선 선우는 아무 생각 없이 안방문을 열고 들어갔다.

"이 나쁜 새끼야!"

바로 그때 앙칼진 외침과 함께 무언가 묵직하고 길쭉한 것이 선우의 얼굴을 향해 날아들었다.

"엇?"

탁!

선우는 급히 왼팔을 들어 그것을 막았다.

놀랍게도 그의 앞에는 마리가 잔뜩 화난 얼굴로 서 있었다.

그녀가 방에 들어서는 선우를 향해 그가 평소에 사용하는 운동기구인 완력기를 휘둘렀던 것이다.

마리는 완력기가 선우 팔에 부딪치자 스윙한 직후의 관성을 이기지 못해서 완력기를 떨어뜨리고 그녀 자신은 크게 휘청거리며 쓰러지려고 했다.

쿵!

완력기는 묵직하게 바닥에 떨어지고 선우는 두 팔을 내밀어서 재빨리 마리를 붙잡았다.

"아……."

마리는 얼떨결에 선우 품에 안겨서 커다란 눈을 동그랗게 떴다.

그녀는 브래지어와 팬티 차림이라서 선우는 그녀의 알몸을 안은 것 같은 느낌이다.

그 와중에도 그녀의 살결이 매우 부드럽고 매끄러우며 따뜻하다고 선우는 느꼈다.

또한 두 사람의 얼굴이 닿을 듯이 가까워져서 서로의 뜨거운 숨결을 느낄 수 있을 정도다.

"괜찮습니까?"

"앗!"

선우가 묻자 마리는 깜짝 놀라며 그의 품에서 벗어났다.

165㎝쯤 키에 군더더기 하나 없이 미끈한 마리가 팬티와 브래지어만 입은 채 서 있는 모습을 보고 선우는 문득 눈부심을 느꼈다.

한마디로 마리는 얼굴도 예쁜 데다 쭉쭉빵빵 글래머다.

브래지어가 유방을 다 가리지 못해서 터질 것처럼 풍만했으며, 잘록한 허리와 감각적인 골반, 그리고 손바닥보다 더 작은 팬티가 겨우 가리고 있는 소중한 그곳은 부끄러운 듯 숨어 있고, 길고도 곧게 쭉 뻗은 다리 등은 하나의 완벽한 조각품을 보는 것 같았다.

선우는 자신도 모르게 마리의 얼굴에서 발끝까지 훑어보면서 감탄사를 터뜨렸다.

"아……."

마리는 자신이 벌거벗은 몸이나 다름이 없는 모습이고, 또 그걸 선우가 보고 있다는 사실을 깨닫고는 온몸의 피가 머리로 솟구쳤다.

"뭘 봐, 이 나쁜 놈아!"

마리는 급히 손으로 가슴과 소중한 곳을 가리며 몸을 움츠렸다가 번개같이 침대로 올라가서 이불을 뒤집어쓰고 얼굴만 내밀었다.

그녀는 선우를 노려보며 쌕쌕거렸다.

"너 죽여 버릴 거야……!"

선우는 어정쩡하게 서서 어깨를 으쓱했다.

"내가 뭘 어쨌다고……."

마리는 천연덕스럽게 나오는 선우가 얄밉고 원망스러워서 미칠 지경이었다.

"나쁜 새끼……."

눈빛만으로 사람을 죽일 수 있다면 마리는 이미 선우를 수백 번 죽였을 것이다.

선우는 잠에서 깬 마리가 자신의 모습을 보고 큰 오해를 한 것이라고 짐작했다.

"마리 씨."

"내 이름은 어떻게 알았지? 너 이제 보니까 날 스토킹했구나? 너 여기에 이사 온 게 날 스토킹하려고……."

마리는 치가 떨리는지 바들바들 떨었다.

"내 말 좀 들어봐요!"

선우가 조금 언성을 높이자 마리는 깜짝 놀랐다. 그러나 곧 코웃음을 쳤다.

"흥! 나한테 못된 짓 한 주제에 얻다 대고 소리 질러?"

"어젯밤에 순댓국집에서 기억 안 납니까?"

"흥! 다 기억나!"

"마리 씨 소주 5병째 마시고 뻗어서 내가 집까지 업고 온 것도 기억합니까?"

마리는 약간 찔끔했다.

"날 업고 왔다고?"

"101호 은초롱꽃집 여자분이 봤으니까 나중에 만나서 물어보십시오."

"음."

마리는 조금 말문이 막혔다.

"그리고 마리 씨 현관문이 번호 키던데 마리 씨를 아무리 깨워도 어디 눈을 떠야 말이죠."

사실 마리는 어젯밤에 순댓국집에서 선우하고 합석한 후에 대한민국 아이돌 그룹에 대해서 열변을 토한 것까지는 어렴풋이 기억이 나긴 하는데 거기서부터 필름이 끊어졌다.

선우는 할 수 없이 마리를 자기네 집으로 데리고 들어와서 안방 침대에 재웠다가 일어난 일에 대해서 차근차근 설명해 주었다.

"내… 내가 토했다고?"

마리가 믿을 수 없다는 듯한 표정을 짓자 선우는 성큼성큼 다가가서 그녀를 이불에 감싼 채 번쩍 안아 들었다.

"앗! 뭐 하는 거야? 내려줘!"

마리는 발버둥을 쳤지만 선우는 끄떡도 하지 않고 그녀를 안은 채 베란다로 갔다.

"저길 보십시오."

발버둥 치던 마리는 선우가 가리키는 곳을 쳐다보더니 깜짝 놀랐다.

베란다 구석에는 세탁기가 있는데 그 앞에 이불과 그녀의 옷이 구겨진 채 놓여 있었다.

그런데 이불과 옷에 온통 토사물이 잔뜩 묻어 있고 시큼털털한 냄새가 진동했다.

"그럼 저렇게 토해서 토사물이 범벅인 채로 마리 씨를 그냥 자게 놔뒀어야 하는 겁니까?"

"……."

토사물 범벅인 이불과 자신의 옷을 보는 순간 마리는 슬그머니 꼬리를 내리고 얌전해졌다.

선우는 그녀를 안고 안방으로 가면서 조용히 말했다.

"나는 마리 씨한테 아무 짓도 하지 않았습니다."

"미안해요."

마리는 고개를 모로 꼬고 얼굴을 붉히며 조그만 목소리로 사과했다.

선우가 살짝 보니까 눈을 내리깔고 있는 그녀의 옆얼굴이 깨물어주고 싶을 정도로 귀여웠다.

제3장
여배우 안소희

마리는 선우가 내려준 대로 침대에 이불을 쓰고 오도카니 앉아 있다가 용기를 내서 말했다.

"집에 갈래요."

"내 옷이라도 빌려줄까요?"

"아… 니에요."

마리는 이불에서 나와 침대에서 내려오려다가 선우의 시선을 느끼고는 급히 다시 이불을 뒤집어썼다.

그녀는 이불을 뒤집어쓴 채 선우네 현관문을 빼꼼 열고 밖을 내다보았다.

그러고는 얼른 이불을 벗더니 후다닥 밖으로 나가서 자기 집 현관의 번호 키를 눌렀다.

늘씬한 그녀가 희고 뽀얀 몸을 살짝 굽힌 채 번호를 누르는 모습을 선우는 뒤에서 우두커니 바라보았다.

조그만 팬티라서 절반 이상 드러난 그녀의 희고 탱탱한 엉덩이가 터질 것 같았다.

자기 집으로 쏙 들어간 그녀는 문틈으로 얼굴을 내밀고 선우를 바라보며 얼굴을 붉혔다.

"고마워요."

쿵!

그리고 현관문이 닫혔다.

딩동~

라면을 끓여서 막 한 젓가락 뜨려고 하던 선우는 벨 소리에 젓가락을 놓고 현관문을 열었다.

문밖에는 뜻밖에도 마리가 위아래 트레이닝복을 입은 채서 있었다.

세수를 했는지 말간 얼굴이 싱그러웠다.

"저기……."

그녀는 머뭇거렸다.

"라면 드실래요?"

느닷없는 제안에 선우는 눈을 껌뻑거리면서 그녀를 쳐다보았다.

느닷없이 라면을 드시겠느냐고 물어보는 저의가 궁금해서 선우는 잠시 생각하는 얼굴로 그녀의 위아래를 슬쩍 훑어보았다.

마리는 선우의 시선이 온몸을 훑는 것을 느끼자 아까 생각이 나서 몸을 움츠리고 날 선 목소리를 냈다.

"지금 뭘 상상하는 거예요?"

선우는 두 손을 저었다.

"그런 거 아닙니다."

마리 얼굴이 차가워졌다.

"그런 거라니, 그게 뭐죠?"

"그게……."

"내가 지금 생각하고 있는 거 맞죠?"

"아닙니다."

"내가 생각하는 게 뭔데 아니라는 거죠?"

"……."

"말해봐요. 내가 뭘 생각한다고 생각하는 거죠?"

선우는 뭔가 말려드는 기분이 들었지만 자신의 결백을 주장하기 위해서는 이럴 때 용감해야 한다고 생각했다.

"마리 씨 아까 모습……."

"거 봐요. 그러니까 당신 지금 날 보면서 그 모습을 상상했다는 거로군요?"

"아… 아닙니다."

마리는 두 손을 허리에 얹었다.

"남자가 왜 그렇게 솔직하지 못한 거죠? 그런 거 좀 상상할 수도 있는 거지, 뭐. 나는 그런 거 갖고 뭐라고 할 정도로 옹졸하지 않아요."

"하아… 그렇습니까?"

"그러니까 솔직하게 말해봐요. 조금 전에 날 보는 순간 아까 그 모습을 상상했죠?"

선우는 진땀을 흘렸다.

"해… 했습니다."

"저질."

"네?"

쿵!

선우가 뭐라고 할 새도 없이 마리는 자기 집 현관문을 쿵 닫고 들어가 버렸다.

선우는 홀린 듯한 표정으로 멍하니 있다가 문을 닫았다.

그가 가장 자신 없는 게 여자랑 대화하는 거다. 그리고 그것보다 더 자신 없는 게 또 한 가지 있다는 사실을 방금 전에 알게 되었다.

그건 여자하고 말다툼하는 거다.

마리는 자기가 할 수 있는 가장 자신 있는 요리인 라면을 3개나 끓여놓은 냄비를 물끄러미 바라보면서 한숨을 푹푹 내쉬었다.

선우에게 미안하고 또 고맙기도 해서 라면을, 그것도 선우가 남자라서 많이 먹을 것 같아 3개씩이나 있는 정성 없는 정성 다 쏟아서 끓였는데 이제 그걸 마리 혼자 배 터지게 먹게 생겼다.

"남자가 그런 걸 상상할 수도 있지 왜 그런 걸 갖고……."

주방의 식탁 앞에 앉아 있는 마리는 주먹으로 자신의 머리를 콩콩 쥐어박았다.

"마리야… 이제 어떻게 할 거니, 응?"

이미 끓여놓은 라면 3개를 걱정하는 게 아니라 앞집에 새로 이사 온 남자를 어떻게 하느냐는 얘기다.

아까 선우네 집에서 자기 집으로 돌아온 마리는 샤워를 하면서 선우에 대해서 곰곰이 생각해 보았다.

사실 선우가 잘못한 건 하나도 없었다. 잘못이 뭐냐? 오히려 그는 처음부터 끝까지 마리에게 도움을 주었다.

그런데 마리는 방귀 뀐 년이 성낸다고 오히려 선우가 자신에게 나쁜 짓을 했다고 누명을 씌우지 않나, 조금 전에는 그게 미안해서 라면을 끓여놓고 부르러 갔다가 또 사고를 치고 말았다.

그에게 고맙고 미안한데 이놈의 욱하는 성질머리 때문에 돌이킬 수 없는 강을 건너 버린 것 같아서 속상했다.

'지금이라도 다시 가서 사과를 할까?'

마리는 발딱 일어섰다가 곧 고개를 가로저으면서 털썩 주저앉았다.

'내가 무슨 염치로…….'

그런데 그때 마리는 문득 아까 자신이 완력기를 휘두르다가 선우의 팔을 때린 사실을 기억해 냈다.

아니, 정확히 말하면 현관문 여는 소리를 들은 마리가 아무거나 손에 잡히는 대로 잡아서 안방으로 들어서는 선우를 후려쳤던 것이다.

그때 만약 선우가 팔로 막지 못하고 완력기가 머리에 맞았더라면 큰 부상을 입었을 것이다.

"미쳤어……."

마리는 또 주먹으로 제 머리를 때렸다.

아까 마리가 내려치는 완력기를 선우가 팔로 막았는데 많이 다치지 않았는지 걱정이다.

그런데도 그는 아픈 내색조차 없이 웃으면서 마리를 대했던 것이다.

거기에 대고 별것도 아닌 일에 화를 낸 마리는 정말 성질머리 더러운 계집애다.

딩동~

"헉!"

그때 갑자기 벨 소리가 나자 도둑이 제 발 저린 마리는 자지러지게 놀랐다.

그녀가 아무 말도 못 하고 현관문을 바라보면서 가만히 있자 벨 소리가 한 번 더 났다.

딩동~

"누… 구세요?"

현관 밖에서 목소리가 들렸다.

"마리 씨."

마리는 소스라치게 놀랐다.

'그 사람이야…….'

그녀는 당황했다. 그가 왜 갑자기 찾아왔는지 짐작조차 할 수가 없기 때문이다.

그때 현관 밖에서 선우의 조심스러운 목소리가 들렸다.

"마리 씨, 라면 아직 있습니까?"

그 말을 듣는 순간 마리는 눈물이 왈칵 솟구쳤다.

'저런 사람을 내가…….'

마리가 욱하는 성격이라는 걸 간파한 선우는 지금쯤 그녀가 후회하고 있을 것이라고 짐작하여 그녀의 현관 벨을 눌렀던 것인데 적중했다.

마리네 집에서 라면을 먹고 자기 집으로 돌아온 선우는 그대로 침대에 쓰러져서 잠에 빠져들었다.

그의 왼팔은 아까 마리가 휘두른 완력기에 맞아서 약간 붓고 멍이 든 정도지 부상이라고 할 만한 건 아니다.

맞은 사람이 그가 아니라 평범한 남자였다면 팔뼈가 부러졌거나 심하게 멍이 들었을 것이다.

라면을 먹고 난 마리는 선우가 괜찮다고 하는데도 다친 팔을 보자고 부득부득 성화를 부리더니 기어코 멍든 부위에 연고를 바르고 붕대를 칭칭 감아주었다.

선우는 특수한 체질이라서 그 정도 상처는 하룻밤 자고 나면 깨끗하게 아물지만 마리의 정성이 기특해서 하는 대로 내버려 두었다.

잠든 지 한 시간 만에 선우를 깨운 것은 민종태의 전화였다.

—골드핑거, 그놈 찾았다.

선우는 눈을 비볐다.

"차가 아니라 범인을 찾은 거야?"

—범인일 가능성이 높아. 메일 보낼 테니까 한번 봐라.

"허어… 형 짱인데?"

—감탄은 보너스로 주면 감사하겠다.

"라저."

통화를 끝내고 선우는 컴퓨터를 켰다.

선우는 민종태더러 미사리 비닐하우스촌에서 나온 차량에 대해서 조사해 달라고 했는데 그는 몇 걸음이나 앞질러 가서 아예 범인을 알아냈다는 것이다.

민종태가 보낸 메일을 여니까 사진 몇 장이 떴다.

선우가 요구했던 한강유역환경청사거리에서 비닐하우스촌으로 진입하는 길, 즉 미사동로에 설치된 CCTV에 찍힌 차량들의 사진이다.

첫 번째 사진은 SUV 차량인데 뜻밖에도 SUV의 최고 럭셔리 카라고 하는 레인지로버다.

두 번째 사진은 레인지로버의 번호판이고, 세 번째는 운전자의 모습, 그리고 네 번째는 운전자를 확대한 것이다.

그런데 운전자가 모자와 마스크에 선글라스까지 끼고 있어서 얼굴을 알아볼 수가 없었다.

한밤중에 모자에 마스크, 선글라스라니. 범인이라고 의심할 수밖에 없다.

그다음 사진은 곱상하게 생긴 청년의 모습이었다. 요트에서 어떤 아름다운 여자와 나란히 찍었는데 둘 다 귀티, 부티가 풀풀 풍겼다.

"이놈……?"

사진을 들여다보던 선우는 미간을 좁혔다.

사진 속의 남자, 아니, 여자까지 보는 순간 누군지 즉시 알아보았다.

선우의 기억력은 컴퓨터처럼 정확하다.

그는 즉시 인터넷에서 누군가를 검색했다.

현성진.

화면에 기사들이 좍 떴다.

현성진에 대한 기사 내용은 풍부하다 못해서 넘쳤다.

국내 재계 3위 천지그룹 현부일 회장의 3남 2녀 중 막내.

재계 5위 대방그룹 박주홍 회장의 차녀 박연지와 결혼.

슬하에 일남일녀를 둔 화제의 잉꼬부부.

민종태가 현성진의 사진을 보냈다는 것은 그가 안소희를 납치한 범인이라는 뜻일 거다.

아니, 최소한 그가 안소희를 납치했을 가능성이 크다.

그래도 확인이 필요할 것 같아서 선우는 민종태에게 전화를 했다.

—어… 골드핑거.

"형, 범인이 현성진이라는 거야?"

—레인지로버 차주가 현성진이야.

"허어… 이거 대박인데?"

—그 시간대에 CCTV에 찍힌 차는 모두 8대인데, 7대는 트럭이나 일반 평범한 국산 승용차들이고 차주가 모두 거기 비닐하우스촌 사람들이야. 레인지로버만 아니라는 거지.

그 시간에 현성진의 최고급 레인지로버가 미사리 비닐하우스촌에 갈 일이 뭐가 있었을까?

—현성진의 여러 신분 중에 하나가 뭔지 아냐?

"말해봐."

—쁘띠소 회원이야.

"쁘띠소?"

—안소희 팬클럽이야.

"아……."

이 정도면 현성진이 납치범이 틀림없다.

—현성진 자료 보낼게.

"알았어. 그런데 레인지로버 지금 어디에 있어?"

—한남동에 있어.

"허어……."

—내가 보낼 자료에 있는데 레인지로버, 현성진 소유의 한남동 빌라로 들어갔어.

선우는 집을 나섰다.

현성진의 레인지로버가 있다는 리버힐빌라는 선우가 사는

파라다이스맨션에서 걸어서 10분 정도면 갈 수 있어서 포르쉐를 놔두고 걷기로 했다.

한남동은 크게 4구역으로 나누어진다.

한남동 한복판을 남북으로 가로지르는 한남대로를 중심으로 동쪽은 부촌인 빌라와 아파트촌이다.

그 동쪽을 남쪽과 북쪽 두 군데로 나누면 북쪽에 남산이 있으며 남쪽에 한강이 흐르고 있다.

그리고 한남대로를 중심으로 서쪽에서 남산이 있는 북쪽에 각국 대사관들이 밀집해 있으며, 한강변인 남쪽이 상대적으로 낙후된 못사는 동네이고 이곳에 선우가 사는 파라다이스맨션이 있다.

현성진의 세컨 하우스 격인 리버힐빌라는 한남대로 동쪽 부촌의 남쪽 한강변에 있었다.

선우는 평소 외출할 때 즐겨 입는 청바지와 청재킷에 레이밴 선글라스를 쓴 모습으로 한남오거리 횡단보도를 건넜다.

횡단보도를 건넌 선우의 전면 베이커리에서 외국인들이 나와 선우 쪽으로 마주 걸어왔다.

외국인들은 서양인이며 40대 중년 여자와 10대 소녀, 5~6살쯤 돼 보이는 소년인데 가족인 것 같았다.

모두 금발에 아름답고 귀여운 외모라서 선우는 미소를 지으며 바라보았다.

세 사람 뒤에는 정장에 선글라스를 쓴 서양인 남자가 주위를 경계하면서 바싹 따르고 있는데 경호원처럼 보였다.

중년 여자는 베이커리에서 산 물건이 담긴 큼직한 종이 봉지를 안고 있었다.

남매는 아이스크림을 손에 들고 영어로 대화를 하면서 깔깔거리는 모습이 보기 좋았다.

그들을 보면서 빙그레 미소를 짓던 선우는 경호원 뒤쪽에서 빠르게 접근하고 있는 중동계 캐주얼 복장의 두 사내를 발견하고 흠칫했다.

선우가 위험을 알리거나 제지할 겨를도 없이 뒤쪽에서 접근하던 두 사내 중 한 명이 짧은 곤봉으로 경호원의 뒤통수를 후려쳤다.

빡!

"왁!"

뒤통수를 얻어맞은 경호원이 쓰러지기도 전에 두 사내는 각각 서양 중년 여자와 남매에게 저돌적으로 달려들었다.

방금 경호원을 때린 사내의 양손에는 곤봉과 권총이, 다른 사내도 권총을 쥐고 있었다.

두 사내는 뒤쪽에서 득달같이 달려들어 각각 중년 여자와 남매를 덮치듯이 안았다.

한 사내는 중년 여자의 입을 가리면서 권총으로 목을 겨누었고, 다른 사내는 양팔로 풀잎처럼 가벼운 남매를 안았다.

그러고는 도로 쪽으로 내달리는데 도로변에는 승합차 한 대가 미리 옆문을 열어놓은 채 대기하고 있었다.

괴한들이 경호원을 곤봉으로 때리고 중년 여자와 남매를 납치해서 승합차까지 달려오는 데 걸린 시간은 3초에 불과했다.

선우는 앞뒤 가릴 것 없이 곧장 승합차로 달렸다. 그가 있는 곳에서 승합차까지는 20m쯤 되는 거리지만 1초도 걸리지 않았다.

그의 금제를 받지 않은 능력 중에 하나가 빠름이다. 달리는 것은 물론이고 행동 또한 빛처럼 빠르다.

선우는 중년 여자와 남매를 막 차에 욱여넣으려던 두 사내에게 파고들면서 그대로 양쪽 주먹을 날렸다.

퍽! 퍽!

"큭!"

"왁!"

선우의 왼 주먹과 오른 주먹이 거의 동시에 두 사내의 얼굴에 꽂혔다.

더 볼 것도 없이 그 한 방으로 두 사내는 얼굴이 뭉개져서 기절했다.

선우가 제대로 마음먹고 힘을 실어 휘두른 주먹이라면 사내들을 한 방에 즉사시킬 수도 있다.

그런데 그때 승합차 운전석에 있던 또 한 명의 사내가 선우를 향해서 오른팔을 쭉 뻗는데 손에는 권총이 쥐어져 있었다.

그러나 그보다 빨리 선우의 오른손이 그자를 향해 뻗었다.

뻗으면서 공신기를 발휘하여 공기 중에 금색 콩알 하나를 만들어 퉁겨냈다.

핑—

팍!

"큭!"

금색 콩알은 돌아보는 운전석의 사내 미간에 정확하게 명중하여 사내의 상체가 운전석 문 쪽으로 벌렁 젖혀지며 머리를 부딪쳤다.

선우는 재빨리 승합차 안을 살펴보았지만 괴한은 더 이상 보이지 않았다.

그는 주저앉아 있는 중년 여자를 부축해서 일으키며 영어로 물었다.

"괜찮습니까?"

"아아……."

선우는 그녀를 세워주고 나서 바닥에 쓰러져 있는 남매를 양팔로 안아서 일으켰다.

"다치지 않았니?"

선우는 중년 여자와 남매를 베이커리 안으로 데리고 들어가서 의자에 앉혀준 다음에 밖으로 나가 쓰러져 있는 경호원을 살펴보았다.

아직 정신을 차리지 못한 상태인 건장한 경호원을 베이커리 안으로 안고 들어와 긴 의자에 눕혀놓고 도로변에 있는 승합차로 갔다.

승합차 안에는 수갑과 밧줄 같은 것들이 있었는데 중년 여자와 남매를 납치한 후에 그걸로 결박하려던 것 같았다.

선우는 수갑과 밧줄로 3명의 괴한을 승합차 옆의 인도에 서로 등지고 앉혀서 꽁꽁 묶어버렸다.

경찰이 오면 복잡해질 것 같아서 선우는 일찍 자리를 뜨고 싶었지만 중년 여자와 남매가 겁에 질려 있고 또 다른 괴한들의 2차 납치 시도가 있을지 몰라서 떠나지 못했다.

중년 여자는 선우에게 구해줘서 고맙고 자기들 생명의 은인이라는 말을 수없이 반복했다.

그만큼 그 당시의 상황이 위험했고 공포에 질렸기 때문일 것이다.

중년 여자는 자신의 이름을 멜리사라고 소개하고는 선우의 이름과 전화번호를 끈질기게 물었다.

선우는 자신에 대해서 아무에게도 알려주면 안 된다는 다짐을 받고 나서야 그녀에게 이름과 휴대폰 번호를 알려주었다.

경호원이 깨어나려고 할 때 바깥이 시끌시끌하면서 경찰이 도착했다.

선우는 베이커리 밖으로 나왔다가 슬그머니 옆으로 빠져나갔다. 경찰이 개입하면 선우가 경찰서까지 가야만 하고 이것저것 성가시게 된다.

그가 베이커리 대형 유리창을 따라서 독서당로 쪽으로 가는 모습을 베이커리 안에 있던 중년 여자의 딸 샤나가 발견하고 놀라서 그를 가리키며 소리치자, 중년 여자도 그를 쳐다보면서 깜짝 놀랐다.

선우는 그녀들에게 미소 지으면서 손을 흔들어 보이고는 재빨리 그곳을 벗어났다.

예기치 않았던 일 때문에 선우는 10분 정도 시간을 허비했지만 좋은 일을 해서 마음이 가벼웠다.

리버힐빌라는 한강이 굽어보이는 최고의 명당자리에 3층짜리 A동과 B동 두 동이 있으며 각 동에 6가구가 있다.

현성진의 세컨 하우스는 리버힐빌라 B동 301호다.

이런 최고급 빌라는 경비 시스템이 잘되어 있으며 외부인은 입주자의 허락 없이는 일체 출입 금지인 경우가 대부분이었다.

선우는 지하 주차장에 현성진의 레인지로버가 주차되어 있는 것을 확인한 후에 B동 뒤편으로 돌아갔다.

현성진이 안소희를 데리고 있을 것으로 의심되는 301호에 정문을 거치지 않고 가려면 가장 단순하면서도 확실한 방법이 있다.

잠시 동안 도둑이 되어 벽을 타고 올라가는 것이다.

힘이 장난 아니게 세고 몸이 빠른 선우가 발코니를 타고 3층까지 올라가는 일은 어린아이 장난처럼 쉬웠다.

선우는 빌라 모퉁이에 서서 주위를 둘러보았다.

빌라의 발코니가 있는 앞쪽은 잡초가 우거진 15m 깊이의 가파른 비탈이고, 그 아래는 철망이 쳐져 있었다. 그리고 그 너머가 2차선 이면 도로이고 그 너머가 강변도로와 한강이다.

선우는 주위에 아무도 없음을 확인하고 모퉁이 약간 안쪽으로 걸어 들어가서 4.5m 높이의 1층 발코니를 올려다보다가 가볍게 점프를 해서 솟구쳤다.

휘익!

그는 단번에 1층 발코니 난간 위에 올라섰다가 곧장 2층 발코니로, 그다음에는 3층 발코니 난간에 올라섰다가 아래로 살짝 내려섰다.

슥—

지상에서 301호 발코니까지 올라오는 데 걸린 시간은 5초에 불과했다.
선우가 발코니 끄트머리에 서서 고개를 살짝 내밀고 유리문 안쪽을 살펴보았더니 아무도 없었다.
이번에는 유리창에 귀를 대고 안쪽의 소리를 들어보았다.
나직한 남자 말소리가 들렸다.
"여왕님, 소인이 이렇게까지 애원하는데도 여왕님 자발적으로 한번 해줄 수 없는 겁니까?"
유리창에 귀를 댄 것뿐이지만 실내의 말소리가 크고 또렷하게 들렸다.
시력과 청력이 뛰어나다는 것은 선우가 지닌 부수적인 능력이다.
그는 전체적으로 타의 추종을 불허하는 탁월한 유전자를 지녔기 때문에 금제를 받지 않는 4개 외에도 모든 것이 보통 사람보다 몇 배나 뛰어났다.
쫘악!
"아, 씨X! 여왕님께서 이 머슴을 진짜 열받게 만드네!"
채찍 같은 것으로 후려치는 소리와 남자의 신경질적인 외침이 동시에 들렸다.
그리고 여자가 소리를 죽여서 흐느끼는 울음소리도 들렸다.
선우는 저 안에 안소희와 현성진이 같이 있다고 확신했다.
현성진이 하는 말로 미루어볼 때 그는 안소희를 '여왕님'이라고 부르는 것 같았다.

그러면서 무언가를 요구하고 있는데 안소희가 그걸 들어주지 않으니까 욕을 하면서 채찍질을 하고 있었다.

선우는 발코니 유리문을 열려고 했지만 잠겨 있었다.

슥…….

잠금장치가 있는 쪽 유리에 손바닥을 대고 가만히 잡아당기는 시늉을 했다.

뚝…….

그러자 손바닥 정도 크기의 유리가 뚝 잘라지면서 그의 손바닥에 붙어서 나왔다.

그는 구멍으로 손을 넣어 잠금장치를 풀고 유리문을 천천히 열었다.

스르르…….

거실로 들어선 선우는 유리문을 다시 닫고 주위를 한 번 둘러보고는 목소리가 들려오는 곳으로 천천히 걸어갔다.

빌라 내부는 매우 넓고 화려했다. 최고급 인테리어에 가구와 전자 제품들이 곳곳에 배치되어 있었다.

거실에서 복도로 들어선 선우의 귀에 남자의 목소리가 뚝 끊어지며 더 이상 들리지 않았다.

선우는 자신의 존재를 남자가 알아차렸다고 판단했다.

이 빌라 실내 곳곳에 CCTV가 있고 거기에 찍힌 화면을 남자가 보고 있다면 선우가 이곳에 침입한 것을 알아차렸을 것이다.

잠시 침묵이 흘렀지만 선우는 걸음을 멈추지 않고 조금 전까지 남자의 목소리가 흘러나온 복도 끝 정면의 굳게 닫힌 방문을 향해 천천히 걸어갔다.

선우가 방문을 5m쯤 남겨두었을 때 갑자기 방문이 왈칵 열리고 한 남자가 나타났다.

그 남자는 팬티만 입고 있는 모습인데 밖으로 나오지 않고 방 안쪽에 두 발을 약간 넓게 벌린 채 화난 얼굴로 서 있었다.

그런데 남자가 두 손에 쥐고 있는 것은 엽총이고 그걸 선우를 향해 겨누고 있다.

선우는 남자의 험악하게 일그러진 표정으로 봐서 그가 위협 같은 걸 하지 않고 곧바로 엽총을 발사할 거라는 사실을 직감했다.

침입자에게 누구냐고 묻지도 않고 엽총을 그냥 갈기려고 하다니 과격한 성격이 분명하다.

하긴, 좋아하는 여배우의 팬클럽에 가입했다가 그녀를 납치할 정도니까 정상적인 성격의 소유자는 아니다.

쉬익!

선우는 재빨리 전진하면서 오른쪽으로 피하며 남자를 향해 오른손을 뻗었다.

꽝!

선우가 금색 콩알을 튕겨내는 소리는 엽총이 발사되는 총소리에 파묻혔다.

남자는 첫 번째 발사한 총알을 선우가 피했다는 사실을 미처 알아차리지도 못한 상황에 금색 콩알을 관자놀이에 얻어맞았다.

팍!

“으악!”

남자는 엽총을 쥔 채 상체가 뒤로 확 젖혀지더니 바닥에 벌렁 나자빠졌다.

쿠당!

“악!”

그런데 남자가 아닌 여자의 비명 소리가 방 안쪽에서 터져나왔다. 남자가 붕 떴다가 나동그라지는 것을 보고 놀란 모양이다.

선우는 성큼성큼 걸어 들어가서 먼저 남자의 손에 쥐어져 있는 엽총을 뺏어 들었다.

“아아…….”

떨리는 신음 소리에 그쪽을 쳐다보니까 한쪽에 놓인 침대에 여자 한 명이 알몸으로 누워 있었다.

그녀는 실오라기 한 올 걸치지 않은 알몸이며 두 손목과 두 발목에 수갑이 채워져서 그것이 침대 네 군데 모서리에 고

정되어 있었다.

선우는 남자가 완전히 기절한 것을 확인하고는 엽총을 한쪽 벽에 세워두었다.

실내 한쪽 벽에는 대형 벽걸이 TV가 있는데 화면이 여러 개로 분할되어 거기에 빌라 내부 곳곳의 광경이 실시간으로 중계되고 있었다.

선우의 짐작대로 남자는 실내에 설치한 CCTV를 보고 선우의 침입을 알아차렸던 것이다.

선우는 여자에게 다가갔다.

"안소희 씨입니까?"

"아아……."

알몸의 여자는 가련하게 온몸을 바들바들 떨면서 공포에 질린 얼굴로 대답을 하지 못했다.

선우는 그녀를 굽어보며 부드러운 미소를 지었다.

"나는 배정재 씨의 의뢰를 받고 안소희 씨를 구하러 왔습니다."

배정재는 지금 안소희가 촬영하고 있는 영화의 감독이다.

"안소희 씨 맞습니까?"

"네……."

비로소 조금 안심이 되는지 여자는 눈물을 흘리면서 와들와들 떨며 간신히 대답했다.

그런데 안소희 얼굴과 온몸에는 오물이 덕지덕지 묻어서 형편없는 몰골이었다.

자세히 보니까 케첩과 소스, 물감 같은 것들이 묻거나 칠해져 있었다.

그리고 바닥 여기저기에는 온갖 성기구들이 흩어져 있고 채찍과 밧줄 같은 것들도 눈에 띄었다.

아까 채찍 소리가 났었는데 남자는 채찍으로 안소희를 때린 게 아니라 바닥을 내려친 것 같았다.

선우는 바닥에서 가느다란 핀 같은 것을 찾아내서 그걸로 안소희 손목과 발목의 수갑을 풀어주었다.

"으흑흑… 저 사람이 이런 짓을 할 줄 몰랐어요……."

안소희는 벌거벗은 몸이 부끄러운 줄도 모르고 침대에 퍼질러 앉아서 흐느껴 울었다.

풍만한 유방이 흔들리고 벌린 허벅지 깊숙한 곳의 은밀한 부위가 고스란히 내비쳤지만 그녀는 수치심 같은 걸 느낄 겨를이 없는 듯했다.

선우는 이불로 안소희 몸을 감싸주었다.

"어떻게 된 겁니까?"

"몰라요… 으흐흑……."

안소희는 정신 나간 사람처럼 고개를 흔들면서 울기만 하는데 패닉 상태인 것 같았다.

선우는 잠시 망설이다가 그녀 옆에 앉아서 팔로 부드럽게 어깨를 감싸주었다.

그러자 안소희는 그의 품으로 쓰러지듯이 안기면서 더욱 세차게 울음을 터뜨렸다.

"어흐흐흑……! 이대로 죽는 줄만 알았어요……."

그녀의 말에 의하면 3일 전 저녁 6시경에 답답해서 드라이브나 하려고 차를 몰고 집을 나섰다고 한다.

그런데 집을 나와서 골목길을 50m쯤 갔을 때 누가 차 앞을 가로막았는데 바로 저 남자였다는 것이다.

그 남자는 평소 안소희 팬클럽인 쁘띠소의 열혈 회원이고 안소희에게도 매우 잘했기 때문에 그녀는 별다른 의심을 하지 않고 그를 차에 태웠다.

그 남자가 미사리로 드라이브를 가는 게 어떠냐고 제안해서 안소희는 별생각 없이 그러자고 했다.

미사리에 도착해서 안소희가 그만 집에 돌아가자면서 차를 돌리려고 하니까 그 남자가 음료수와 커피를 사려고 그러니까 잠깐 편의점 앞에 차를 세워달라고 부탁했다.

잠시 후에 남자가 차에 돌아와서 안소희에게 커피를 내밀었고, 워낙 커피를 좋아하는 그녀는 차를 세워두고 대화를 나누면서 커피를 마셨다.

그런데 커피를 반쯤 마셨을 때 갑자기 잠이 쏟아지면서 정신을 잃어버렸다.

그러고는 지금 이 방 침대 위에서 깨어났다. 깨어났을 때부터 그녀는 나체였다.

설명을 하면서 안소희는 얼마나 울었는지 선우의 가슴을 흠뻑 적셨다.

"안소희 씨."

"그런데… 누구시죠?"

선우가 조용히 부르자 그녀가 눈물을 흘리는 얼굴로 그를 올려다보았다.

"골드핑거라고 합니다."

선우는 직업적으로는 이름보다는 닉네임을 알려주는 편이다.

"그게 뭐죠?"

"직업상 닉네임입니다."

"저는 절 구해주신 분의 이름을 알고 싶어요."

이렇게 이름을 묻는 사람에게는 구태여 감추지 않는다.

"강선우입니다."

"강선우 씨."

"안소희 씨, 이제 경찰을 불러야 합니다."

"……."

'경찰'이라는 말에 안소희 얼굴이 해쓱해졌다.

입 근처와 빰에 케첩 같은 것들이 묻은 얼굴이지만 현재 대한민국을 대표하는 최고 몸값의 여배우답게 그녀의 미모는 눈부셨다.

“꼭 그래야만 하나요?”

이런 사건에 휘말린 여배우가 어쩌면 연예계에서 매장될지도 모른다는 막연한 두려움이 그녀를 휩쌌다.

선우는 기절해 있는 남자를 쳐다보았다.

“저놈은 안소희 씨를 납치, 감금하고 못된 짓을 저지른 범법자입니다. 당연히 경찰에 넘겨져서 재판을 받아야 합니다.”

선우는 자신의 품에 안겨 있는 안소희 등을 부드럽게 쓰다듬었다.

“저놈이 안소희 씨에게 무슨 짓을 했습니까?”

안소희가 바르르 떠는 것이 선우에게 고스란히 전해졌다.

“성폭행을 당했습니까?”

궁금해서 묻는 게 아니다. 저놈이 안소희를 납치, 감금하고 또 무슨 짓을 했는지 제대로 알아야지만 거기에 따른 적절한 대처를 할 수 있기 때문이다.

“성폭행은 안 당했어요.”

그런데 안소희는 선우 가슴에 뺨을 대고 또렷하게 대답했다.

“저놈은 저를 강간하는 짓은 하지 않겠다면서 저 스스로 자기를 받아들이라고 협박했어요…….”

선우는 범인 현성진의 행동을 조금쯤은 이해할 수 있을 것 같았다.

힘으로 강간을 하는 것보다는 안소희가 자발적으로 자신을 받아들이기를 원했을 것이다.

그렇지만 안소희가 끝내 말을 듣지 않는다면 결국에는 강간을 했을 것이다.

"미쳤어요. 제정신이 아니에요 저놈은……."

안소희는 현성진을 쳐다보는 것조차도 무섭다는 듯 진저리를 쳤다.

선우는 현성진의 손목과 발목에 안소희가 찼던 수갑을 채우고 그녀를 욕실로 데려갔다.

"씻고 나오세요. 그동안 경찰과 소희 씨 매니저에게 전화를 하겠습니다."

안소희를 욕실로 들여보내려는데 그녀는 혼자서 걷지도 못하고 주저앉았다.

"아무것도 먹지 않았어요……."

수면제를 탄 커피를 마시고 기절한 이후부터 그녀는 현성진이 주는 것은 아무것도 입에 대지 않았다.

선우는 수건을 적셔서 안소희의 얼굴을 꼼꼼하게 닦아주고는 그녀의 옷을 찾아서 입혀주었다. 그녀는 패닉 상태에서 며칠 굶기까지 해서 부들부들 떠느라 옷조차도 스스로 입지 못했다.

"선우 씨, 고마워요… 선우 씨 아니었으면 나는……."

안소희는 말을 잇지 못했다.

제4장
어둠의 조직

30분쯤 후에 리버힐빌라 B동 301호의 현관 벨이 울렸다.

거실 소파에 안소희를 안은 채 앉아 있던 선우가 일어서려고 하자 그녀는 화들짝 놀라더니 껌처럼 달라붙어서 떨어지지 않으려고 했다.

어쩔 수 없이 선우가 그녀를 안다시피 부축해서 현관문을 여니까 밖에 다부진 체격의 30대 중반의 점퍼를 입은 남자가 서 있었다.

"오셨습니까?"

"어… 골드핑거."

선우가 가볍게 고개를 숙이자 사내는 선우가 부축하고 서 있는 안소희를 보더니 깜짝 놀라는 표정을 지으며 그의 직업적인 닉네임을 불렀다.

사내의 이름은 이종무, 서울 강남경찰서 강력계 형사이며 계급은 경사다.

서울을 강남권과 강북권으로 나누어서 강남권에서 일어난 사건일 경우에 선우는 이종무 형사를 부른다.

선우는 자신이 맡은 의뢰만 해결하면 되기 때문에 경찰과 연결되는 것을 극도로 꺼린다.

그래서 범법자를 잡았을 경우에는 자신이 알고 있는 형사에게 넘기는 것이다.

이종무는 선우에게서 범인을 인계받은 순간부터 자신이 그 사건을 처음부터 수사하고 범인을 체포, 해결한 것으로 처리한다.

그가 얍삽한 인간이라서 그러는 게 아니라 그렇게 해달라고 선우가 간곡하게 부탁을 했기 때문이다.

처음에 이종무는 선우의 그런 부탁에 별 미친놈이 다 있느냐면서 일언지하에 거절했었다.

누가 봐도 그건 정신 나간 짓이다. 자기가 애써 범죄를 해결하고 범인까지 붙잡았으니까 공을 인정받고 포상도 받을 수 있을 텐데 그걸 극구 마다하니까 이상한 놈으로 오해받는 것이 당연했다.

오죽했으면 이종무는 선우의 신원 조회까지 해봤다. 조회 결과는 군필자에 뭐 하나 걸릴 것 없이 깨끗했다.

한 가지 기절초풍할 사실을 알게 된 걸 빼면 말이다.

현관문을 닫고 거실에 들어온 이종무는 놀라움을 억제하는 표정으로 안소희를 힐끔거렸다.

"이 여자분, 내가 생각하고 있는 그분이 맞는 거냐?"

선우는 빙그레 미소 지으며 고개를 끄떡였다.

"그렇습니다."

"히야아… 안소희 양을 이렇게 가까이에서 보다니……."

이런 상황에서 화장이 지워진 민낯의 안소희를 단번에 알아보다니 이종무의 눈썰미도 대단했다.

이종무는 비실비실 웃으면서 품속에서 수첩과 볼펜을 꺼내서 내밀었다.

"실례가 안 된다면 사인 좀… 제가 팬입니다, 헤헤……."

안소희는 국내외에 팬층이 가장 두터운 것으로도 유명하다.

아직 어리고 순수하며 예의가 있고 재기발랄해서 또래도 또래지만 삼촌 팬들이 어마어마하다.

그런데 뜻밖에도 이종무가 안소희 삼촌 팬일 줄은 몰랐다.

이종무는 수줍게 고백했다.

"저는 안소희 씨 연기도 좋지만 노래를 더 좋아합니다. 거 뭐냐… '잼잼'을 제일 좋아합니다, 하하!"

안소희 최고 히트곡이 '잼잼'이고 선우도 좋아한다.

선우가 점잖게 꾸짖었다.

"형님, 실례거든요?"

"아무래도 좀 그렇지?"

이종무는 머쓱하게 웃으며 머리를 긁적였다.

"이리 와보십시오."

선우는 팬티만 입은 채 손목과 발목에 수갑이 채워져 있는 현성진을 발로 가리켰다.

"안소희 씨에게 수면제가 든 커피를 마시게 하고 납치, 감금했습니다."

"이런 미친 새끼."

쫘악!

이종무는 기절해 있는 현성진의 뺨을 냅다 갈겼다.

"이 새끼가 죽으려고 감히 우리 쁘띠를……."

안소희의 별명이 '쁘띠'다.

이종무는 화를 겨우 참고는 안소희를 힐끗 보고서 선우에게 물었다.

"성폭행은?"

"미수입니다."

"확실해?"

이종무는 날카롭게 선우를 쏘아보았다. 그럴 때는 안소희 삼촌 팬이 아니라 영락없는 강력계 형사다.

"하지 않았어요."

안소희가 착 가라앉은 목소리로 대답했다.

"아… 알겠습니다."

이종무는 바로 꼬리를 내렸다.

그는 살결이 희고 빼빼 마른 현성진의 얼굴을 들여다보며 고개를 갸웃거렸다.

"그런데 이 자식 어디에서 본 얼굴인데?"

"현성진입니다."

"현성진? 설마……."

선우는 고개를 끄떡였다.

"천지그룹 현부일 회장의 막내아들입니다."

"허어… 이거 천지그룹 뒤집어지겠군."

이종무는 혀를 찼고 안소희는 얼굴이 해쓱해졌다.

"이 사람이 그 현성진이라는 건가요?"

현성진은 연예계뿐만 아니라 이것저것 활동이 많아서 꽤 유명하다.

"그렇습니다."

"어떻게 이 사람이……."

현성진은 자신의 신분을 감쪽같이 속이고 안소희 팬클럽 쁘띠소의 열혈 팬 노릇을 했던 것이다.

그때 현관에서 벨 소리가 나기에 선우가 현관문을 열어주니까 뚱뚱한 젊은 여자가 서 있다가 안소희를 발견하고는 비명을 지르며 달려 들어왔다.

"소희야!"

"언니!"

뚱뚱한 여자는 안소희의 매니저 양재희인데 두 여자는 서로 부둥켜안고 펑펑 울었다.

선우는 리버힐빌라에서 파라다이스맨션으로 걸어오는 도중에 이종무에게 전화를 했다.

"형님, 접니다."

—어… 그래, 상황 설명서 보냈냐?

선우가 어떻게 해서 범인을 체포하게 됐는지에 대한 자세한 설명이 필요한 것이다. 그래야지만 이종무가 입을 맞춰서 조서를 작성할 수가 있기 때문이다.

"보냈습니다."

—그런데 어떻게 했기에 이 자식 깨어나질 않는 거냐?

선우는 손목시계를 봤다.

"지금쯤 깨어날 겁니다."

그는 금색 콩알, 즉 자신이 금탄(金彈)이라고 이름을 붙인 것을 발사할 때 자유자재로 조절할 수가 있다.

즉, 상대에게 맞춰서 죽이거나 일정한 시간 동안 기절시킬 수 있는데 놀랍게도 5분 단위까지 가능하다.

하지만 지금까지 금탄으로 사람을 죽였던 적은 한 번도 없었다.

―어? 이놈 깨어났다. 다음에 보자, 선우야.

이종무가 말하고는 전화를 끊었다.

*　　　*　　　*

서울 시내 테헤란로 45층 고층 빌딩의 최상층 VIP룸에 다섯 사람이 둘러앉아 있었다.

"누가 이사회를 소집한 건가?"

상석에 앉아 있는 인물이 앞쪽 좌우에 마주 보고 앉아 있는 4명을 둘러보았다.

"접니다."

상석에서 봤을 때 오른쪽에 가깝게 앉은 50대의 안경을 쓴 인물이 공손히 말하며 손을 들어 보였다.

"내용이 뭔가?"

"일단 한번 보십시오."

안경 쓴 인물은 맞은편의 벽걸이 대형 TV를 향해 리모컨을 눌렀다.

TV에는 어제 오후 올림픽대로에서 일어났던 신도은행 부천 심곡 지점 무장 강도와 경찰의 대치 상황을 드론으로 찍은 영상이 나왔다.

안경을 쓴 인물, 즉 국정원장은 자신에게 이 사건을 보고했던 안보수사국 국장이 했던 것을 그대로 재현했다.

금색 콩알 금탄이 승용차 유리창을 뚫는 장면은 몇 번이고 슬로우로 보고 또 봤다.

"저게 뭡니까?"

국정원장 맞은편에 앉은 60대 중반의 중후한 정장 입은 신사가 의아한 얼굴로 물었다.

국정원장은 물어본 사람이 아닌 상석의 인물에게 자신의 의견을 말했다.

"제 생각에는 공신기(空神技)인 것 같습니다."

상석의 인물은 묵직하게 고개를 끄떡였다.

"그런 것 같기도 하군."

"아……."

"공신기라니……."

그제야 다른 사람들은 크게 놀라면서 웅성거렸다.

"조용히."

상석의 인물이 꾸짖자 다들 조용해졌다.

"아직 확실한 것은 아니다."

그는 국정원장을 쳐다보았다.

"얼마나 알아낸 건가?"

"이게 전부입니다. 단서가 지나치게 제한적이라서……."

"음."

상석의 인물은 고개를 모로 꼬았다.

"내가 보기엔 그게 공신기라고 단정하는 것은 어려운 것 같다. 최신 무기일 수도 있지 않을까?"

국정원장이 공손하게 항의했다.

"무기라면 총탄이 남아야 하는데 차 안에는 아무것도 없었습니다. 그리고 무장 강도 3명은 옆머리에 콩알 크기로 발갛게 부었을 뿐이지 멀쩡하게 깨어났습니다."

"그러니까 최신 무기일 거라고 하지 않나?"

"그렇군요."

국정원장을 부하로 둘 정도면 상석의 인물은 대단한 존재인 것 같았다.

"23년 전에 신족(神族) 일가족 4명은 우리 손에 모두 죽어서 대가 완전히 단절됐다. 그러므로 신족만이 사용하는 공신기가 세상에 나타났을 리가 없다는 것이다."

상석의 인물은 국정원장에게 명령했다.

“그래도 모르니까 자네가 철저하게 조사해 보도록.”

“알겠습니다.”

“그리고…….”

상석의 인물은 아까 국정원장에게 질문을 했던 왼쪽의 말쑥한 정장 신사를 쳐다보았다.

“자네 막내아들 개망나니더군?”

“죄송합니다.”

말쑥한 정장 신사, 국내 재계 3위 천지그룹 회장 현부일의 이마가 테이블에 닿았다.

“여배우를 납치해? 정신이 있는 거야?”

“선처해 주십시오.”

상석의 인물은 현부일을 잠시 응시하다가 시선을 거두었다.

“자식 단속 잘하게.”

현부일은 쿵! 소리가 나도록 테이블에 이마를 부딪쳤다.

“명심하겠습니다.”

상석의 인물. 그는 대한민국 실세 중에서도 실세였다.

*　　　*　　　*

—쓰펄……

이종무의 분노가 선우에게 고스란히 전해졌다.

—엿 같은 세상이다 정말…….

선우는 뭐라고 해줄 말이 없어서 잠자코 있었다.

—안소희 조심하라고 해라. 끊는다.

이종무가 전화를 끊자 선우는 잠시 생각하다가 안소희에게 전화를 했다.

선우가 안소희를 현성진의 리버힐빌라에서 구해준 지 하루가 지났을 뿐인데 그동안 안소희가 선우에게 전화를 10번도 넘게 했었다.

그래서 선우는 처음 한 번만 전화를 받았고 그 후로는 전화가 와도 받지 않고 내버려 두었다.

하지만 지금은 선우가 안소희에게 꼭 전화를 해줘야만 할 상황이 발생했다.

안소희를 납치하고 감금, 성폭행하려고 했던 현성진이 석방됐기 때문이다.

—선우 오빠예요?

신호가 다섯 번쯤 갔을 때 소희가 받았다.

그녀는 어제 처음 통화했을 때 선우더러 다짜고짜 오빠라고 부르더니 이제는 몇 년 동안 오빠 동생 하고 지낸 사이처럼 자연스럽게 불렀다.

"그렇습니다, 소희 씨."

—오빠, 할 말이 있어요. 우리 지금 만나요.

"소희 씨, 내 말 잘 들어요."

—오빠, 무슨 말이든지 우리 만나서 해요. 지금 어디예요? 내가 그리 갈게요.

"현성진이 석방됐습니다."

—네?

소희는 무슨 말인지 못 알아들었다. 그녀의 상식으로는 절대 그럴 리가 없기 때문이다.

선우는 가라앉은 목소리로 다시 한번 말해주었다.

"현성진이 석방됐습니다."

—…….

이번에는 소희가 알아들었다. 그랬기 때문에 너무 놀라서 아무 말도 하지 못했다.

"소희 씨."

—어… 어떻게 그럴 수가 있죠? 그런 흉악범이 석방되다니… 믿을 수가 없어요…….

소희의 목소리가 바들바들 떨렸다.

믿지 못하는 건 선우도 마찬가지다. 그러나 있을 수 없는 일은 아니다. 충분히 일어날 수 있는 일이었다.

현성진의 석방은 돈으로 할 수 있는 일이 아니다.

억만금을 싸들고 와도 이종무처럼 뼛속까지 정의감으로 똘 똘 뭉친 열혈한의 의지를 꺾지는 못했다.

이종무로서도 어쩌지 못하는 것이 있었다.

바로 권력이다.

현성진을 석방하라고 위에서 누군가 압력을 넣은 것이다.

강남경찰서장 정도가 그랬다면 이종무가 달려가서 책상을 뒤엎고 멱살잡이라도 하겠지만, 더 윗선이고 누군지도 모르기 때문에 꼼짝없이 앉아서 당하고 만 것이다.

선우가 캐내려고 들면 알아낼 수도 있겠지만 지금은 아니었다.

자칫 잘못했다가는 선우가 당할 수 있다.

그가 조심해야 하는 것은 지난 천여 년 동안 가문의 숙적이었던 어둠의 조직이다.

선우와 돌아가신 아버지, 할아버지가 금침수법으로 몸에 금제를 가해서 평범하게 살아가려고 했던 이유는 바로 그 어둠의 조직에게 발각되지 않으려는 것이다.

—오빠… 나 무서워요… 어떻게 해요?

소희가 울 것처럼 말했다.

"개인 경호원을 쓰십시오."

—오빠가 해줘요.

"그건 안 됩니다."

—해줘요. 오빠… 제발… 무서워요…….

급기야 소희는 무서워서 울기 시작했다.

"괜찮은 사람을 소개하겠습니다."

—싫어요. 오빠 아니면 안 돼요……!

선우는 아무 말도 하지 않고 기다렸다.

상대가 몹시 흥분한 상태일 때는 다그치거나 말을 시키지 말고 흥분이 가라앉기를 기다리는 것이 좋다는 것을 경험으로 배웠다.

소희는 2분쯤 울고 나서 겁먹은 목소리로 말했다.

—오빠… 선우 오빠, 아직 거기에 있어요?

"여기 있습니다."

—오빠 말 들을 테니까 일단 한번 만나요…….

"알겠습니다. 소희 씨 경호할 사람 데리고 가겠습니다."

—오빠.

"네."

—소희야, 라고 불러보세요.

"……."

여자에 대해서는 완전히 숙맥인 선우는 카운터펀치를 한 방 맞은 것 같은 기분이 들었다.

왜 갑자기 안소희가 자기 이름을 부르라고 하는 건지 전혀 모르겠다.

—오빠가 내 이름 부르면 말 잘 들을게요.

그렇지만 손해 볼 일은 아닌 것 같다.

"소희야."

—에헤헤헤! 네! 선우 오빠!

소희는 언제 겁을 먹고 울었느냐는 듯 개구쟁이처럼 웃음을 터뜨렸다.

선우는 집을 나와 계단을 내려가면서 업무적으로 조금 친한 경호 업체 대표에게 전화를 했다.

—오! 골드핑거, 웬일입니까?

"실력 좋은 여성 경호원이 한 명 필요합니다."

경호 업체 대표는 35살이며 선우와 몇 번 만난 적이 있지만 꼬박꼬박 그에게 존대를 했다.

—대인 경호입니까?

"그렇습니다."

—대상이 누굽니까?

이런 일에는 비밀이 없다.

"여배우 안소희입니다."

—아…….

경호 업체 대표는 좀 놀란 모양이다.

신생 경호 업체라서 안소희 같은 거물의 대인 경호를 해본 적이 없기 때문이다.

—언제 보내면 됩니까?

"지금 보내주십시오. 약속 장소 약도 보내 드리겠습니다."

—1시간 내로 보내겠습니다.

제5장
로건 브룩스

선우는 경호 업체에서 보낸 여성 경호원을 청담동 소희집 근처 카페에서 만났다.

선우는 여성 경호원이 한눈에 마음에 들었다.

28살이라는 그녀는 168㎝의 키에 정장을 입은 다부진 모습이다.

"원혜진입니다."

여성 경호원 원혜진은 일어나서 차렷 자세를 취했다가 고개를 깊이 숙였다.

선우는 경호 업체 대표로부터 원혜진에 대한 신상 명세를 메일로 미리 받아보았다.

그녀는 여군 특수부대 부사관 출신이고 무술이 종합 15단이라고 했다. 그녀가 제 입으로 말한 게 아니고 신상 명세에 나와 있었다.

선우는 원혜진과 음료를 마시면서 10분 정도 대화하고는 듬직한 그녀가 조금 더 마음에 들었다. 그녀라면 소희를 잘 경호할 수 있을 것 같았다.

소희는 청담동 올림픽대로변의 상트빌이라는 빌라 6층에 살고 있었다.

상트빌은 한 동짜리의 최고급 으리으리한 빌라인데 출입구부터 경비 시스템이 장난이 아닐 정도다.

경호원 같은 다부진 모습의 경비에게 찾아온 용건을 말했더니 소희에게 인터폰을 했다.

경비원이 선우라는 이름을 대자마자 소희가 고함을 질렀다.

—오빠, 내려갈게요!

소희는 엘리베이터를 타고 일 층까지 내려와서 직접 출입문을 열어주었다.

"오빠!"

선우가 통유리문 안으로 들어서자 소희는 뭐가 급한지 서

둘러서 그의 손을 잡고 엘리베이터 안으로 이끌었다.

여성 경호원 원혜진이 옆에 있지만 소희는 그녀에겐 눈길 한 번 주지 않았다.

그런데 엘리베이터 문이 닫히기도 전에 소희가 선우에게 와락 안겨왔다.

"오빠!"

"어……."

소희는 선우 가슴에 얼굴을 묻고 가만히 있었다.

그녀는 현성진에게 납치와 감금, 그리고 발가벗겨진 수치스러운 상태에서 성폭행을 당하기 직전까지 갔을 때 이미 정신이 황폐해진 공황 상태까지 이르렀었다.

그런 상황에서 선우에게 구함을 받았기 때문에 그가 생명의 은인 그 이상의 존재로 그녀 마음속에 자리를 잡았다.

그녀는 이 세상에서 오로지 한 사람, 선우에게만은 자신의 밑바닥까지 다 보여주었다고 생각했다.

그러므로 그에게는 부끄러운 것도 세상의 격식 같은 것도 갖출 필요가 없다고 믿었다.

그러나 숫총각인 선우는 소희의 저돌적인 대시에 당황해서 급히 그녀를 떼어냈다.

"소희 씨……."

"또 그런다."

소희가 눈을 하얗게 흘기자 선우는 땀을 삘삘 흘렸다.

"소희야."

소희는 조그만 손으로 선우의 커다란 두 손을 잡고 어린아이처럼 기뻐했다.

"잘 왔어요, 오빠. 다시 만나서 너무 기뻐요……!"

소희는 원혜진을 개인 경호원으로 받아들이는 대신 자신의 전화를 선우가 꼬박꼬박 받아야 한다는 조건을 내걸었다.

선우는 소희와 단둘이 그녀의 침실 침대에 나란히 걸터앉았다.

선우가 단둘이 할 얘기가 있다고 하니까 소희가 침실로 이끈 것이다.

선우는 자신의 팔을 두 팔로 꼭 안은 채 몸을 기대고 있는 소희를 보며 조용히 말했다.

"소희야, 될 수 있는 한 나한테 전화하지 마라."

소희는 깜짝 놀라서 팔을 풀고 상체를 세우며 그를 바라보았다.

"왜 전화하지 말라는 거죠?"

선우는 소희를 이해시키려고 애썼다.

"너하고 나의 비즈니스는 끝났어. 우리가 계속 연락을 해야 할 이유가 없는 거야."

선우는 남자들과의 관계는 참 원활하고 좋은데 여자들하고는 젬병이다.

또한 남자들하고는 대화가 잘 통하는데 도대체 여자하고의 대화는 언제나 꼬이게 마련이다.

선우 자신이 너무나 멋있고 친절하며 카리스마 넘치는 행동 때문에 의뢰와 연관이 됐던 여자들이 한사코 그에게 빠져든다는 사실을 그는 모르고 있었다.

그렇기에 소희가 자신에게 호감을 갖고 있으며 좋아하려는 마음의 준비가 됐다는 사실을 알 턱이 없다.

"오빠……."

소희는 선우의 냉정한 말에 큰 충격을 받았다.

"비즈니스 아니면 우린 이제 못 만나는 거예요?"

"그래."

소희는 풀죽은 표정으로 조그맣게, 그러나 비장감이 흐르는 목소리로 말했다.

"그럼 제가 또 사건을 저질러야겠군요? 그래서 오빠한테 의뢰하면 만날 수 있겠죠?"

"소희야……."

선우는 깜짝 놀라서 소희를 바라보았다. 설마 소희가 그런 말을 할 줄은 몰랐다.

짧은 기간에 많은 경험을 하고 엄청난 두뇌를 지닌 그이지만 어떻게 된 일인지 여자에게만은 그런 능력이 도저히 먹히지 않았다.

소희는 두 눈에 눈물이 그렁그렁 고여서 너무도 애처로운 표정으로 선우를 바라보았다.

"제가 할 수 있는 일은 그것뿐이에요. 알았어요. 오빠는 이제 가셔도 돼요."

선우는 소희가 여배우라는 사실을, 그리고 얼마나 연기를 잘 하는지를 알지 못했다.

"이러다가 제가 또 현성진에게 붙잡히면 그때나 오빠를 보게 되겠군요."

하지만 그녀는 아무한테나 이러지 않는다. 사실 그녀가 누군가에게 더구나 남자에게 거의 애원조로 매달린 경우는 그녀 22살 평생에 한 번도 없었던 일이다.

"휴우… 알았다."

결국 선우는 백기를 들고 말았다.

소희는 선우에게 특별 사례금으로 1억 원을 내밀었다.

의뢰인은 영화감독 배정재이지만 목숨을 구함받은 그녀가 감사의 표시로 내놓은 것이다.

1억 원은 큰 액수다. 그의 1회 평균 의뢰비가 1천만 원이니까 그것의 10배다.

하지만 소희가 주는 1억 원을 받으면 그녀와의 관계가 비즈니스로 환원하고 만다.

그녀가 울며불며 사정을 하고 또 만나주지 않으면 제 스스로 위험한 상황에 빠져서 선우에게 의뢰를 하겠다는 등 공갈 협박을 하는 바람에 간신히 인간관계가 형성됐는데 특별 사례금을 받으면 두 사람이 돈을 주고받는 사이가 돼버리는 것이다.

"이 돈 받고 우리 다시 비즈니스로 돌아갈까?"

선우의 조용한 말에 소희는 깜짝 놀라서 눈을 동그랗게 떴다가 그의 말뜻을 이해하고는 와락 안겼다.

"오빠, 최고야!"

소희는 1억 원을 집어넣고 그 대신 자신의 빌라에 언제라도 출입할 수 있는 카드를 내밀었다.

선우로서는 그것까지 마다할 수가 없어서 카드를 지갑에 넣었다.

선우는 집으로 돌아가는 길에 민종태의 전화를 받았다.

—의뢰 들어왔는데 헌팅 파티야. 할래?

머리 쓰는 거 없이 두들겨 패고 부수는 걸 두 사람은 '헌팅 파티'라고 불렀다.

어떤 사람들은 기분이 꿀꿀하면 한바탕 뭘 부수거나 사람을 패고 나면 후련하다는데 선우는 그런 게 없다.

선우처럼 매사 긍정적인 사람의 기분이 꿀꿀할 리가 없고 우울할 리는 더욱 없기 때문이다.

"뭔데?"

—조폭들이 달동네 재건축하는 주민들을 괴롭히나 봐.

"확실한 거야?"

—내가 언제 어영부영하는 거 봤냐? 선수금 3백에 성공하면 7백이야.

"의뢰비 받지 마."

—엉?

"달동네 주민들한테 무슨 돈을 받는다고 그래?"

—쯧쯧… 협객 나오셨네…….

포르쉐가 한남대교를 건너고 있을 때 전화가 왔다.

그런데 휴대폰에 저장해 두지 않은 처음 보는 번호였다.

"여보세요."

—헬로우, 미스터 강?

저쪽에서 들려오는 여자 목소리를 듣는 순간 선우는 그녀가 멜리사라는 걸 즉시 알아차렸다.

"하이, 미스 브룩스."

—멜리사라고 불러주세요.

"멜리사, 별일 없습니까?"

―선우 씨가 우리 가족을 구해주셨는데 인사도 제대로 하지 못해서 섭섭해요.

"하하! 신경 쓰지 마십시오."

―남편이 선우 씨하고 저녁 식사를 같이하고 싶대요. 부디 거절하지 마세요.

"하아… 이거 참."

―선우 씨가 허락한 것으로 알고 준비할게요. 그게 아니면 선우 씨가 장소를 잡을래요?

멜리사의 화술은 대단해서 선우가 빠져 나갈 구멍을 다 차단해 버렸다. 선우는 멜리사의 호의를 거절하는 것도 예의가 아닌 것 같았다.

"어떤 요리를 좋아하십니까?"

―다 좋아해요. 특히 한국 음식을 좋아합니다.

"알겠습니다. 시간은 언제가 좋겠습니까?"

―우리는 오늘 저녁도 괜찮아요.

"그럼 오늘 저녁으로 알고 저녁 식사 장소 정하는 대로 연락하겠습니다."

―기다릴게요.

통화를 끝내면서 선우는 멜리사와 딸 샤나, 아들 빌리의 귀여운 모습이 떠올라서 빙그레 미소를 지었다.

선우가 주차장에 포르쉐를 주차시키고 파라다이스맨션 입구로 들어서는데 계단에서 젊은 남녀가 내려오다가 서로 마주쳤다.

앞서 내려오던 힙합 차림의 남자가 선우에게 물었다.

"혹시 402호 새로 이사 온 사람인가요?"

"그렇습니다."

25~6살쯤 돼 보이는 남자는 비쩍 마르고 키가 큰데 좀 건들거리면서 웃었다.

"아… 우린 202호입니다. 오늘 밤에 뭐 하십니까?"

"저녁 약속이 있습니다."

"아… 이거."

남자는 아쉬운 표정을 지었고 평범한 옷차림의 21~2살쯤 된 아담한 체구의 여자는 남자 뒤쪽에 서서 말끄러미 선우를 바라보는데 수줍어하는 것 같았다.

"왜 그럽니까?"

"여기 파라다이스 입주민들이 가끔 옥상에서 저녁 먹으면서 술 한잔하거든요?"

"아, 그렇군요."

남자는 술 마시는 손짓을 해보이면서 설명했다.

"오늘 밤에 옥상에서 모일 건데 웬만하면 참석하죠?"

파라다이스맨션 8세대 사람들이 모여서 저녁 먹고 술 마시는 거라면 친목 도모 차원에서도 좋은 일이다.

"오늘 저녁에는 약속이 있어서 어렵겠습니다."

선우는 뜨뜻미지근한 걸 아주 싫어한다. 괜히 미적거리면 상대가 기대를 하게 된다.

"우리는 보통 밤 12시 넘어서까지 어울리니까 웬만하면 올라오세요."

남자는 건들거리면서 상체를 선우 쪽으로 기울이며 한쪽 눈을 찡긋했다.

"오늘 양꼬치 구이 할 건데 거기다가 쐬주 한잔하면 죽이는 궁합 아닙니까?"

"그렇겠군요."

"이따 봅시다!"

남자는 손을 들면서 나가고 여자는 조신한 동작으로 선우 앞을 지나다가 눈이 마주치자 깜짝 놀라면서 얼른 외면하고 총총히 남자 뒤를 따라갔다.

남자가 힙합 옷차림에 지나치게 건들거리지만 선우는 그가 악의가 없고 단순, 해맑은 성격이라는 걸 그의 깨끗한 눈빛을 보고 알았다.

선우가 4층에 올라섰을 때 어디선가 노랫소리가 들렸다.

아니, 노랫소리는 포르쉐에서 내린 직후부터 들었고, 계단을 올라오면서 노랫소리가 점점 더 커졌다.

401호에서 마리가 기타를 치면서 부르는 노래다.

기타 소리가 매우 부드럽고 상쾌했다.

그리고 허스키하면서도 고운 음색의 목소리는 듣는 사람의 심금을 울려 가슴에서 눈물이 흐를 것만 같았다.

사실 노랫소리가 그렇게 크게 들리는 건 아니지만 선우의 청력이 워낙 뛰어나기 때문에 마리가 바로 앞에서 기타를 치면서 노래를 부르는 것 같았다.

선우는 4층 난간에 엉덩이를 붙이고 마리의 노래를 들었다.

그녀의 노래를 들으니까 괜스레 마음이 정화되는 것 같은 느낌이 들었다.

부르던 곡이 끝나고 마리가 다음 곡을 연이어서 불렀다.

길을 걸을 때
왼발을 내밀면서
널 사랑한다고 혼잣말로 말하고
오른발을 내밀면서
죽을 때까지 사랑하겠다고 말하리라
그리고 숨을 쉴 때에
내쉬면서

숨이 막히도록 널 그리워한다고 느끼고

들이쉬면서

너 없이는 한순간도 살 수 없다고 절망한다

아아……

내가 살아가는 이유는

나는 잠수부이고 네가 산소통이라는 법칙 아래 가능한 거야

그래서 가능한 거야

평범한 가사 같은데 호소력 짙은 목소리 때문인지 한 소절 한 소절이 선우의 가슴으로 파고들었다.

경쾌하면서도 애절한 곡조에 가사는 더 애절했다.

선우는 빙그레 미소 지으면서 402호 현관문을 열었다.

철컥…….

그랬더니 노랫소리가 뚝 끊어졌다.

선우가 현관문을 열고 가만히 기다려 봤지만 노랫소리는 더 이상 들리지 않았다.

아마도 선우의 기척을 느낀 마리가 노래 부르기를 그만둔 모양이다.

선우는 괜히 미안한 마음이 들어서 401호 현관문을 한 번 쳐다보고는 집으로 들어갔다.

선우는 6시에 집을 나섰다.

멜리사 가족하고 7시에 저녁 식사 약속을 했고 약속 장소까지 30분이면 갈 수 있지만 넉넉하게 나왔다.

논현동에 있는 음식점 '상고대'는 선우가 가끔 가는 식사 겸 술을 마실 수 있는 곳이다.

최고급 한정식을 파는 곳은 아니고 그렇다고 싸구려 막술집도 아니다.

격식이나 인테리어, 브랜드는 내로라는 최고급 한정식집에 미치지 못하는 편이지만 맛만큼은 서울 시내 최고라고 감히 자부하는 선우다.

하기야 선우가 식도락가가 아니기 때문에 그의 입맛은 순전히 주관적인 것이다.

그래서 멜리사 가족과의 저녁 식사 약속을 이곳으로 잡고 예약을 해두었다.

멜리사 가족이 화려함과 격식에 젖어 있다면 이곳이 처음에는 어색할 수도 있겠지만 요리를 먹어보면 미심쩍음을 불식시킬 수 있을 것이라고 선우는 생각했다.

선우가 상고대에 도착한 시간은 약속 시간 7시보다 20분 빠른 6시 40분이다.

그런데 조금 문제가 생긴 것 같았다.

상고대 입구에 정장 차림에 키가 크고 체격이 좋은 서양인 두 명이 양쪽에서 지키고 서 있었다.

선우가 들어가려니까 서양인들이 제지하더니 영어로 위압적으로 물었다.

"이름이 뭡니까?"

선우는 별일이 없는 한 사건을 일으키지 않는 주의이기 때문에 고분고분하게 대답했다.

"강선우입니다."

"누굴 만나러 왔습니까?"

조금 기분이 나빠졌지만 짐작 가는 것이 있어서 참고 대답했다.

"미스 브룩스를 만나러 왔습니다."

"들어가십시오."

선우는 이들 서양인들이 멜리사의 경호원일 것이라고 짐작했다.

그가 한남동 베이커리 앞에서 멜리사와 딸, 아들을 구했을 때에도 그들 뒤에 경호원이 따르고 있었다.

그렇다면 멜리사는 평범한 신분이 아닐 것이다.

그건 중동계 테러범들이 멜리사 가족을 납치하려고 한 것만 봐도 짐작할 수 있었다.

"선우 씨, 이게 다 무슨 일이야?"

식당 안으로 들어서는 선우를 보고 카운터에 있던 주인아줌마가 울상을 지으며 다가왔다.

"선우 씨가 예약한 방 말고는 다른 손님들을 일체 받지 말라는 거야. 그러면서 한 시간 동안 3백만 원을 주겠다는 거지 뭐야."

"미안합니다."

주인아줌마는 선우에게 사정했다.

"3백만 원이 문제가 아냐. 다른 예약 손님들도 있고 단골 손님들도 계속 오는데 어떻게 하면 좋아… 저 사람들 도대체 누구야?"

선우는 멜리사 측에서 경호상의 문제로 그런다는 것을 짐작했다.

선우가 실수를 했다. 멜리사 가족에게 테러 위험이 도사리고 있는데도 이런 곳으로 약속 장소를 잡았기 때문이다.

물론 선우가 같이 있으면 어떤 테러범이라고 해도 멜리사 가족을 건드리지 못할 것이다.

하지만 그건 어디까지나 선우 혼자만의 생각이고 멜리사 쪽에서는 그렇게 생각하지 않을 것이다.

그렇다고 이제 와서 약속 장소를 다른 곳으로 바꿀 수도 없는 노릇이다.

선우는 방에 자리를 잡고 멜리사에게 전화를 걸었다.

—선우 씨, 다 왔어요. 차에서 내리고 있어요.

멜리사의 목소리는 활기 넘쳤다.

선우는 자리에서 일어나 상고대 입구로 나갔다.

그가 입구에 도착하기도 전에 멜리사 일행이 들어오다가 마주쳤다.

"하이, 선우!"

멜리사의 딸 샤나와 어린 빌리가 선우를 발견하고 환하게 웃으며 달려왔다.

"샤나! 빌리!"

선우가 팔을 벌리자 두 아이는 스스럼없이 그의 품에 안겼고 빌리는 목에 매달렸다.

빌리의 엉덩이를 팔에 얹어서 안은 선우는 앞에 멜리사와 나란히 서 있는 중년의 서양인을 보는 순간 그가 주한 미국 대사라는 사실을 한눈에 알아보았다.

선우는 아까 상고대 앞에 서양인 경호원 2명을 보는 순간 멜리사가 주한 미국 대사 부인일지도 모른다고 생각했다.

주한 미국 대사 부인 이름이 무엇인지는 모르지만 모든 정황으로 봤을 때 그럴 가능성이 컸다.

멜리사 옆에 서 있는 남자는 선우가 신문이나 TV 뉴스에서 봤던 모습이다.

선우의 기억으로 그의 이름은 로건 브룩스다.

주한 미국 대사 정도 되니까 경호원들이 음식점을 통째로 빌리면서 사전 경호를 하는 것이 당연했다.

로건 브룩스가 환하게 미소 지으면서 선우에게 손을 내밀며 악수를 청했다.

"로건 브룩스입니다."

"강선우입니다."

두 사람은 굳게 서로의 손을 잡았다.

선우는 로건 브룩스가 기개가 곧고 강건한 인물이라는 것을 간파했다.

로건 브룩스는 인자한 미소를 지으면서도 날카롭게 선우를 살펴보았다.

선우는 로건 브룩스에게 음식점 상고대의 고충을 설명했다.

다행히 로건 브룩스는 꽉 막힌 사람이 아니라서 절충을 해주었다.

경호원이 상고대 입구에 한 명, 방 밖에 한 명, 그리고 선우와 로건 브룩스 가족이 앉아 있는 테이블 가까운 곳에 한 명이 지키고 있게 하는 선에서 상고대가 영업을 할 수 있도록 했다.

"미스터 강."

맞은편에 앉은 로건 브룩스는 손을 뻗어 선우의 손을 잡고 진지한 표정을 지었다.

"당신의 용감한 행동 덕분에 아내와 아이들이 무사히 내 품으로 돌아왔습니다."

이런 상황을 별로 좋아하지 않는 선우는 어색함을 꾹 참으며 상대를 바라보았다.

"만약 아내와 아이들에게 무슨 일이 생겼다면……."

로건 브룩스는 고개를 절레절레 가로저었다.

"상상하는 것만으로도 끔찍합니다."

"운이 좋았습니다."

"그렇지요. 마침 그곳에 미스터 강이 있었다는 게 정말 다행이었습니다."

선우는 미소를 지었다.

"선우라고 이름을 부르십시오."

로건 브룩스는 선우의 손을 놓지 않은 채 마주 미소 지었다.

"그럼 나를 로건이라고 부르십시오."

"알겠습니다."

선우가 미리 주문한 감자탕과 제육볶음, 해물파전 등이 나왔고 다행히 로건 가족은 원더풀! 판타스틱!을 외치면서 잘 먹어주었다.

로건이 선우에게 진지한 얼굴로 물었다.

"선우 씨는 무슨 일을 합니까?"

"사설탐정입니다."

"아……."

로건은 예상했다는 표정이다.

"권총을 지닌 테러범 3명을 순식간에 때려눕히다니 굉장한 실력입니다. 무술을 합니까?"

선우는 거짓말을 하지 않지만 이런 상황에서는 자신의 능력에 대해서 일일이 설명을 할 수 없기 때문에 그저 가볍게 고개를 끄떡였다.

"선우 씨가 아내와 아이들의 경호원이 돼준다면 안심할 수 있을 것 같습니다."

"경호는 하지 않습니다."

"짐작했습니다."

로건은 야심가처럼 보였지만 포기도 빨랐다. 그것이 야심가들의 특징이다. 가능한 일에 올인하기 때문이다.

샤나와 빌리는 선우의 양쪽에 앉아서 그를 오빠나 형처럼 따르면서 착착 안겨들었다.

"그자들 중에 선우 씨 주먹에 맞은 2명은 안면 골절이라더군요. 얼마나 주먹이 강하면 그 지경이 됐겠습니까?"

로건은 지나가는 말처럼 툭 던졌다.

"언제 선우 씨 솜씨 좀 보여줘요."

선우는 로건의 말속에 진심이 들었음을 느꼈다.

"그러겠습니다."

선우와 로건은 꽤 많은 대화를 나누었다.

저녁 식사를 끝낸 선우는 로건 가족과 함께 상고대를 나오다가 입구에서 이종무를 만났다.

이종무는 반가운 표정을 지었다가 로건 등을 힐끗 보고는 손을 들어 알은척했다.

"어… 골드핑거."

이종무는 선우와 단둘이 있을 때만 이름을 부른다. 그는 로건이 누군지 모르는 모양이다.

방금은 그냥 지나칠 수도 있는데 자기도 모르게 선우의 닉네임을 불렀다.

"다음에 봐요."

선우는 안으로 들어가면서 뒤돌아보는 이종무를 보며 웃어 보였다.

상고대는 이종무의 단골집이기도 하다.

로건이 조금 놀란 얼굴로 말했다.

"지인들에게 골드핑거에 대해서 들은 적이 있었는데 내가 들은 골드핑거가 선우 씨입니까?"

선우는 빙긋 웃었다.

"그럴 겁니다."

로건은 새삼스러운 표정으로 선우를 쳐다보았다.

"과연 소문대로군요."

로건은 선우를 한쪽으로 따로 불러서 작은 봉투 하나를 내밀었다.

"약소하지만 사례금입니다."

선우가 곤란한 표정을 짓자 로건은 미소를 지었다.

"선우 씨, 우리 공과 사를 분명하게 합시다."

"알겠습니다."

선우는 정중하게 봉투를 받았다.

차에 타기 전에 로건은 선우에게 악수를 했고 멜리사는 부드럽게 포옹을 하며 선우에게 볼 키스를, 샤나는 팔짝 뛰어 그의 목에 매달려서는 입술에 기습 뽀뽀를 했다.

13살인 샤나는 키가 160㎝가 넘고 가슴도 제법 봉긋한 게 성숙한 편인데 하는 행동은 영락없는 아이였다.

그리고 선우가 안아준 빌리는 그의 뺨에 자신의 뺨을 비비면서 헤어지기 싫어했다.

로건은 경호원이 열어주는 뒷문으로 차에 타면서 손으로 전화하는 손짓을 해보였다.

"전화하겠습니다."

"그러십시오."

선우는 로건 가족과 경호원들이 탄 차가 출발하는 걸 보고 나서 다시 상고대로 들어갔다.

이종무를 봤으니까 잠깐 자리에 앉아서 얘기나 나누다가 갈 생각이다.

그런데 이종무가 형사 동료로 보이는 몇 사람과 앉아 있는 걸 보고는 그냥 되돌아서 나왔다.

제6장
옥상 모임

선우가 파라다이스맨션에 도착한 시간은 밤 9시 15분이다.

계단을 올라가는데 위쪽에서 음악 소리와 여러 사람의 말소리가 섞여서 들려왔다.

4층 자신의 집으로 들어가려던 선우는 문득 생각난 듯 401호 마리네 집 벨을 눌렀다.

딩동~

마리가 옥상에 올라갔다면 집에 없을 테고, 집에 있다면 같이 옥상 모임에 가자고 말하려는 것이다.

현관 렌즈를 통해서 바깥을 내다본 마리가 문을 열었다.

철컥…….

선우는 마리가 예전처럼 쌀쌀맞게 굴면 옥상에 가자고 권하지 말아야겠다고 생각했다.

"선우 씨."

마리는 트레이닝복을 입고 부스스한 모습인데 머리를 매만지면서 밖으로 나왔다.

현관문을 빼꼼 열고 밖을 내다보면서 무슨 일이냐고 물어볼 수도 있는데 그러지 않았다.

선우는 마리가 차갑게 대하지 않는 것에 안심이 되고 또 용기가 생겼다.

그는 손가락으로 위를 가리켰다.

"옥상 모임에 초대받았는데 마리 씨도 같이 가지 않을래요?"

마리는 위를 힐끗 쳐다보았다.

선우는 그녀의 얼굴에서 귀찮아하는 표정을 읽었다.

"가지 않아도 됩니다."

그가 미소를 지으며 말하자 마리가 물었다.

"선우 씨도 갈 거예요?"

처음이나 다름이 없는 쌀쌀맞은 말투인데 표정은 예전보다 조금 부드러웠다.

"그러려고요."

"술 마셨어요?"

선우에게서 술 냄새를 맡은 마리가 물었다.

"아… 네, 저녁 약속이 있어서 조금 마셨습니다."

"밥 먹었는데도 또 먹을 건가요?"

"밥보다는 친목 도모니까요."

대화를 하면서 선우는 마리가 옥상에 가지 않을 거라고 짐작했다.

평소 그의 예상은 적중률 100%에 가깝다.

"옷 갈아입고 나올게요."

그런데 선우의 예상이 빗나갔다. 그의 예상은 여자에 대해서만 빗나간다. 적중률 0%다.

"먼저 올라가지 말고 여기에서 기다려 줄래요?"

"그러죠."

그냥 올라가면 되지 뭘 같이 가느냐고 말해도 되지만 선우는 여자의 부탁을 거절하지 못했다.

마리처럼 강짜가 심한 여자는 더욱 그렇다.

선우는 자기 집에 들어가지 않고 현관 밖에서 마리가 나오기를 기다렸다.

집에 들어가서 세수를 한다거나 옷을 갈아입을 필요가 없기 때문이다.

옷을 갈아입겠다던 마리는 10분이 지나도 나오지 않았다.

그때 아래쪽에서 계단을 올라오던 아담한 체구의 여자가 선우를 보고 방긋 미소 지었다.

"안녕하세요?"

"아… 네, 안녕하세요."

그녀는 101호 은초롱꽃집을 하는 여자다. 선우가 술에 취한 마리를 업고 왔을 때 입구에서 만난 적이 있었다.

은초롱은 선우를 지나쳐서 옥상으로 뻗은 계단을 올라가면서 물었다.

"옥상 모임에 오실 건가요?"

선우는 401호를 가리켰다.

"마리 씨 기다리고 있습니다."

"네?"

은초롱은 걸음을 멈추고 놀라는 표정을 지었다.

"마리 씨가 옥상에 올라온다고 했나요?"

"네."

은초롱은 믿어지지 않는다는 표정을 지었다.

"마리 씨는 일 년 넘게 여기에 살면서 옥상 모임에 한 번도 나온 적이 없었어요."

마리는 20분 만에 나왔다.

아래에는 늘씬한 다리에 달라붙는 스키니진에 위에는 검은

색 폴라티와 핑크색 가디건을 걸쳤다.

화장을 하지는 않았는데 세수를 했는지 아까보다 얼굴이 환해진 모습이다.

그러고 보니까 마리는 평소에 화장을 하지 않는 것 같았다.

선우는 자신이 쳐다보니까 마리가 살짝 얼굴을 붉힌 것이 착각이라고 생각했다.

그녀가 부끄러워할 리가 없기 때문이다. 그만큼 첫인상이라는 것은 강렬하다.

옥상은 선우가 상상했던 것보다 훨씬 괜찮았다.

백열전구 아래 야외용 숯불 그릴에서 꼬치구이가 구워지고 있으며, 비가 오나 눈이 오나 사시사철 거기에 있었음직한 낡은 나무 테이블과 그 둘레에 색색의 플라스틱 의자가 놓여 있었다.

나무 테이블 위에는 찌개와 어묵탕, 몇 종류의 술과 전기밥통, 밥그릇, 술잔들이 어지럽게 놓여 있었다.

그런데 거기에 있던 사람들이 모두 옥상으로 통하는 문으로 방금 나온 선우와 마리를 쳐다보면서 놀라는 표정을 짓고 있었다.

선우는 모두의 시선이 마리에게 집중된 걸 보고 그녀 때문에 놀란다는 사실을 깨달았다.

옥상 모임에 한 번도 참가한 적이 없었던 마리의 출현이 의자에 앉아 있던 사람들을 일제히 스탠딩시키고 또 경악시킨 모양이다.

옥상에는 6명이 있었다.

302호에 사는 미국 청년인 금발의 해리와 조금 전에 본 101호 은초롱꽃집, 그리고 아까 낮에 선우에게 옥상 모임이라는 것을 알려준 힙합 청년 남녀, 점퍼 차림에 모범생 같은 분위기를 풍기는 안경녀, 큰 키에 단단한 근육질 청년 등이었다.

선우는 힙합 청년과 근육질 청년이 홀린 듯 마리에게서 시선을 떼지 못하는 걸 보고 그들이 마리를 좋아하고 있다는 사실을 짐작했다.

다들 얼빠진 듯한 표정을 짓고 있을 때 은초롱이 두 사람을 맞이했다.

"어서 오세요."

그녀가 말문을 열자 힙합 청년과 근육질 청년이 당황함을 감추려는 듯 어색하게 마리에게 인사를 건넸다.

그러나 마리는 선우 옆에 꼿꼿하게 서서 '네'라고 짤막하게 대답했을 뿐이다.

사실 파라다이스맨션 사람들은 옥상 모임을 통해서 서로 잘 알고 또 친분도 있지만, 한 번도 참석한 적이 없는 마리하고는 대화를 해본 사람이 은초롱 혼자뿐이다.

201호 안경녀나 202호 힙합 청년과 같이 사는 여자는 거리에서나 계단에서 마리와 마주치면 인사나 하는 정도다.

그렇지만 마리는 남자 입주자하고 마주치면 상대가 인사를 해도 쳐다보지도 않는다.

그녀가 도도하기 때문인지 남자들에게 관심 자체가 없는 것인지는 모를 일이다.

파라다이스맨션 사람들이 마리에 대해서 알고 있는 것은 이름과 나이, 대학을 졸업했으며 알바를 하고, 직업이 가수라는 것 정도인데 그런 것들은 다 은초롱의 입에서 나온 정보다.

힙합 청년과 근육질 청년이 앞다투어 의자를 빼거나 손바닥으로 문질러 대며 마리에게 말했다.

“여, 여기 앉으십시오……!”

그런데 마리는 선우가 의자 하나를 골라서 그 앞에 서자 그의 왼쪽 의자를 붙잡고 그 옆에 나란히 섰다. 선우 옆에 앉겠다는 뜻인데 두 남자는 머쓱한 표정을 지었다.

“402호에 새로 이사 온 강선우라고 합니다. 앞으로 친하게 지냅시다.”

선우는 자기소개를 하고 꾸벅 고개를 숙였다.

안면이 있는 해리가 손뼉을 치며 환영했다.

“반가워요, 선우 씨.”

사람들이 박수를 치는데 해리를 제외하곤 다들 건성이다.

“환영합니다.”

모두들 자기소개를 하고 남자들은 선우와 악수를 했다.

"직업이 뭐죠?"

201호 안경녀가 코끝에 걸린 안경 너머 맨눈으로 선우를 빤히 보면서 마치 신문을 하듯이 물었다.

"심부름센터를 하고 있습니다."

선우는 미소를 지으며 대답했다. 이들에게 자신이 하고 있는 일을 설명하고 또 직업이 '만능술사'라고 설명할 필요까지는 없었다.

그렇다고 심부름센터를 한다는 게 틀린 말은 아니다. 그의 일이라는 게 엄밀히 따지면 남의 심부름을 하는 거나 다름이 없다.

자신을 조태근이라고 소개했던 힙합 청년이 그다지 궁금하지 않은 얼굴로 물었다.

"퀵서비스 같은 것도 하나요? 우리가 가끔 퀵서비스를 이용해서요."

"그런 건 안 합니다."

손연수라는 이름을 가진 안경녀가 아는 체를 했다.

"심부름센터라는 건 남의 뒷조사 같은 거 캐고 다니는 흥신소를 낮춰서 부르는 거예요. 그 사람들 돈만 주면 못 하는 게 없어요. 온갖 지저분한 짓은 다 하죠."

그녀는 선우가 싫은 게 아니라 원래 상대의 기분 같은 건

신경 쓰지 않고 제 할 말만 하는 스타일이다.

안경녀 손연수의 말에 다들 놀라서 눈을 동그랗게 뜨고 선우를 쳐다보았다.

선우의 훤칠하고 잘생긴 선한 얼굴과 온갖 지저분한 일을 하고 다니는 직업이 잘 매치가 안 된다는 표정들이다.

은초롱 초롱이 엄마가 평소 존경하는 안경녀 손연수를 향해 엄지손가락을 치켜세웠다.

“손 작가님은 모르는 게 없어요. 정말 박식해요.”

손연수는 멋쩍은 얼굴로 약간 으쓱거리면서 머리카락을 쓸어 넘기고 다른 사람들은 고개를 끄떡이며 인정을 했다.

사람들의 시선이 마리에게 집중됐다. 이번에는 마리가 자기소개를 할 차례다.

선우가 그녀의 얼굴을 보자 옥상 모임에 참석한 것을 후회하는 기색이 역력했다.

그녀는 이런 식으로 여러 사람들과 어울리는 것을 싫어하는 모양이다.

“유마리예요.”

마리는 특유의 냉정한 표정으로 고개를 까딱했다.

까칠한 자기소개에 비해서 반응은 뜨거웠다.

그중에서도 특히 힙합 청년 조태근과 근육질 청년 남권호는 과도하게 박수를 치면서 오버하며 마리에게 앞다퉈서 자기

소개를 했다.

조태근하고 같이 사는 곱상한 소녀 같은 여자는 혼자서 조용히 양꼬치를 굽고 있었는데, 그녀가 작은 목소리로 조태근에게 양꼬치가 다 구워졌다고 알려주었다.

조태근은 제일 잘 구워진 양꼬치 하나를 골라서 넉살좋게 마리에게 내밀었다.

"드십시오, 마리 씨."

마리가 마지못해 손을 내밀어서 양꼬치를 받자 조태근은 기쁜 듯 손을 비비면서 모두에게 외쳤다.

"자! 안주는 많으니까 마음껏 드세요!"

초롱 엄마가 수첩을 꺼내 들더니 선우와 마리에게 다가왔다.

"회비 2만 원이에요. 제가 총무거든요."

"아… 네."

회비를 내야 한다는 사실은 처음 알게 됐지만 선우는 바지 주머니 지갑에서 2만 원을 꺼냈다.

마리는 젓가락으로 양꼬치를 빼서 선우 앞에 놓인 접시에 가지런히 담고 있다가 선우를 쳐다보았다.

"저 돈 안 갖고 왔어요."

"내드릴게요."

선우는 4만 원을 초롱 엄마에게 주었다.

초롱 엄마는 아까부터 선우와 마리를 심상치 않은 눈빛으

로 지켜보고 있었는데 선우가 회비까지 내주자 묘한 미소를
지으며 속삭이듯이 마리에게 한마디 던졌다.

"마리 씨, 그날 괜찮았어요?"

"네?"

초롱 엄마는 슬쩍 선우를 쳐다보았다.

"마리 씨 술 취해서 인사불성된 걸 이분이 업고 왔잖아요."

마리는 얼굴이 붉어졌다.

"아… 네."

그녀의 얼굴에는 내가 이래서 옥상 모임 같은데 끼고 싶지
않은 거라는 표정이 역력했다.

초롱 엄마는 입이 싸다. 술 취한 마리가 선우에게 업혀 왔
다는 얘기는 아마 오늘 밤 옥상 모임이 끝나기도 전에 파라다
이스맨션 사람 모두가 알게 될 것이다.

선우는 11시쯤에 자리에서 일어섰다.

"저는 그만 내려가겠습니다."

술 마시는 동안 술 힘을 빌어서 남자들의 서열을 정리하고
는 거의 일방적으로 선우에게 말을 놓게 된 힙합 청년 조태근
이 언성을 높였다.

"야, 선우야! 분위기 깨지게 왜 그러냐? 앉아, 인마!"

조태근은 26살로 선우보다 3살 많다. 그는 3살 많은 걸 대

단한 권력이라고 여기는 듯했다.

"일이 있어서요."

선우가 웃으며 말하는데도 조태근은 막무가내다.

"야! 누군 일 없냐? 나도 내일 새벽에 일어나서 시장에 재료 사러 가야 돼!"

곱상한 여자가 조태근을 말렸다.

"오빠, 바쁘다고 하시잖아. 그만해."

곱상한 여자는 조태근의 여동생 조향아인데 둘이 같이 인근에서 양꼬치 가게를 운영한다고 했다.

근육질 청년 남권호도 술잔을 들고 가세했다.

"선우야, 형들이 붙잡는데 뿌리치는 거 아니다, 너."

남권호는 25살이고 격투기를 한다고 했다.

"미안합니다."

선우가 고개를 숙이고 옥상 문으로 걸어가자 마리가 냉큼 뒤따랐다.

"어어… 마리 씨!"

조태근과 남권호는 놀라서 울부짖듯이 소리쳤다.

선우를 뒤따르는 마리는 뒤에서 그의 등을 밀고 옥상문 안으로 들어가서 급히 문을 닫았다.

쿵!

401호 앞에서 마리가 말했다.

"2만 원 드릴게요."

"나중에 줘도 됩니다."

옥상 모임 회비가 2만 원이지만 마리는 양꼬치에는 손도 대지 않았고 어묵 2개를 먹었을 뿐이다.

더구나 술은 입에도 대지 않았다. 그녀로서는 회비 2만 원이 비쌀 것이다.

그녀는 조태근이 양꼬치를 주는 대로 받아서 다 선우 그릇에 빼주었다.

조태근의 따가운 눈총을 받으면서도 그 덕분에 선우는 맛있는 양꼬치를 실컷 먹었다.

"빚지는 건 싫어요."

그렇게 말하고 나서 마리는 머쓱한 표정을 지었다.

빚이라고 하면 그녀가 선우에게 진 게 회비 말고도 몇 개 있기 때문이다.

그건 현재의 마리로서 어떻게 갚을 길이 없다.

"잠깐 들어올래요?"

그녀는 지나가는 말처럼 했지만 사실 그녀는 이곳에 이사온 이후 아직 아무도 자신의 집에 불러들인 적이 없었다.

지난번 라면 먹을 때 선우가 그녀의 첫 손님이었다.

선우는 자신이 거절할까 봐 마리가 초조해하는 모습을 발견하고 순순히 고개를 끄떡였다.

"그럴까요."

마리 얼굴에 흐릿하게 기쁜 표정이 스쳐갔다. 그러면서도 그녀는 자신이 이상하게도 선우 앞에서만큼은 용감해진다는 사실을 깨달았다.

하긴 그녀는 만취해서 선우에게 업히기도 했으며, 그의 안방 침대에 토하기도 했고, 알몸이나 다름이 없는 모습을 선우에게 보이기도 했었다.

열거하자면 더 많지만 그런 일들이 단 하룻밤 사이에 일어났다는 사실이 놀라웠다.

그녀는 매우 낯을 가리고 내성적인 성격이지만 선우에게만은 조금 오픈되어 있는 것 같다.

굳이 밝혀두자면, 마리는 선우의 잘생긴 얼굴이나 헌칠한 외모에는 별 관심이 없다.

띠띠띠…….

마리는 선우가 보고 있는데도 전혀 개의치 않고 현관 번호키를 눌렀다.

945018이 비밀번호다.

선우는 그게 아마 마리의 생일일 거라고 생각했다.

1994년 5월 18일이다.

마리의 집은 매우 깨끗하고 정갈했다. 그리고 기분 좋은 은

은한 향기가 실내에 그윽하다.

"맥주 있어요. 드실래요?"

빌린 회비 2만 원을 갚겠다던 그녀가 돈 대신 맥주를 권했다.

"주십시오."

"이쪽으로 오세요."

마리는 냉장고에서 하이네켄 작은 사이즈 병맥주 두 개를 꺼내 들고 베란다로 향했다.

베란다에는 작고 동그란 테이블과 의자가 놓여 있고 창 아래 선반에는 예쁜 화초들이 소담스럽게 가지런히 자리를 잡고 있었다.

칵!

마리는 병맥주를 따더니 병 주둥이를 티슈로 깨끗이 닦은 다음에 선우 앞에 놓고 자기 것도 똑같이 했다.

그녀의 집에 남자는 선우가 처음이지만 그녀는 선우에게 그런 식의 시답잖은 말을 늘어놓지는 않았다.

드르…….

마리가 일어나서 커다란 창문을 활짝 열었다.

상큼한 바람이 불어와 마리의 하얗게 탈색한 긴 머리카락을 흩날렸다.

흩어지는 그녀의 머리카락에서 그윽한 샴푸 향기가 선우의 코끝을 간질였다.

맥주 안주로는 제격이다.

맥주를 한 모금 마시면서 마리를 쳐다보던 선우는 몸을 돌리던 그녀와 시선이 마주쳤다.

마리는 멈칫하더니 살짝 얼굴을 붉혔고 선우는 훔쳐보다가 들킨 것 같아서 당황하여 사레가 들어 기침을 해댔다.

"콜록! 콜록……."

마리는 얼굴이 빨개지도록 기침을 하는 선우를 보며 옅은 미소를 지었다.

"아… 마리 씨, 옷 빨았는데 이제 다 말랐습니다."

"……."

당황함을 모면하려고 한 말인데 그게 외려 마리를 당황시킬 줄은 예상하지 못했다.

마리는 그날 밤 일이 생각나서 얼굴을 붉히며 아무 말도 하지 않았다.

어색한 침묵 속에서 두 사람은 묵묵히 맥주만 마셨다.

마리는 자신이 그날 왜 그렇게 술을 많이 마시고 인사불성이 되어 추한 꼴을 보였는지에 대해서 선우에게 설명을 하고 싶었다.

"저 그런 여자 아니에요."

마리가 조용하게 말하자 선우는 그녀를 쳐다보았다.

마리는 선우를 똑바로 쳐다보지 않고 고개를 숙인 채 맥주병을 만지작거렸다.

"술 취해서 아무한테나 업히고 그러지 않아요."

"아… 네."

선우는 그냥 고개만 끄떡였다.

화술이 뛰어나거나 여자 경험이 많은 남자라면 이 시점에서 상대를 위로해 줄 적당한 말이나 리액션을 취해줄 텐데 그런 점에서 선우는 빵점이다.

"여기 이사 와서 두 번째예요."

선우는 아무 말도 없이 고개만 끄떡였다.

"작년 초에 이사 와서 얼마 안 있다가 아빠가 돌아가셨어요. 그래서 장례식 치르고 집에 왔다가 너무 속상해서 정신없이 술을 마셨어요."

101호 초롱 엄마가 선우에게 업혀온 마리를 보고 '저렇게 취한 것 오랜만에 본다'고 말했었는데 그걸 봤던 모양이다. 그러니까 마리가 만취한 건 두 번째다.

"평생 고생만 하시다가 돌아가신 아빠 생각을 하니까 뭔가 너무 억울해서……."

문득 선우는 얼굴도 모르는 부모님이 생각났다.

지금까지 선우를 키워준 기장의 엄마는 양어머니다. 그녀는 선우가 갓난아기 때부터 유모였다고 한다.

"그때 많이 취했었는데 순댓국집 주인아저씨께서 집까지 부축해 주셨어요. 그렇지만 업혀 올 정도는 아니었는데……."

선우는 마리가 지난번 취했던 일에 대해서 미안해하고 있다는 것을 알고 화제를 바꾸었다.

"저, 마리 씨."

"네?"

"그 노래 말입니다."

"어떤……."

"어젯밤에 마리 씨가 노래 부르는 걸 들었습니다."

마리는 깜짝 놀랐다.

"들었어요?"

"네, 너무 좋았습니다."

마리는 곱게 눈을 흘겼다.

"노래를 몰래 듣다니… 나빠요."

그녀가 눈을 흘기는 게 너무 매혹적이라서 선우는 잠시 멍한 표정을 지었다.

"왜 그래요?"

"아니… 마리 씨 방금 전 모습이 너무 아름다워서요."

마리의 눈이 더욱 커지고 얼굴이 빨개지더니 갑자기 냉랭한 표정을 지었다.

"흥! 여자가 듣기 좋아하는 달콤한 말도 잘하는군요? 아주 능수능란해요."

"어… 그건 아닌데요."

선우는 자신의 느낌을 솔직하게 말한 것뿐인데 이런 오해를 받자 앞으로는 조심해야겠다고 생각했다.

분위기가 어색해지자 마리는 아차 했다. 지난번 라면 때처럼 자신의 발끈하는 성격 때문에 또 실수를 할 것 같다는 생각이 들었다.

"어… 떤 노래를 들었다는 거죠?"

"그게 말입니다."

선우는 어제 우연히 들었던 마리의 노래 중에서 가장 좋았던 대목을 나직하게 흥얼거렸다.

그리고 숨을 쉴 때에
내쉬면서
숨이 막히도록 널 그리워한다고 느끼고
들이쉬면서
너 없이는 한순간도 살 수 없다고 느낀다

마리는 큰 눈을 더욱 크게 뜨고 몹시 놀란 얼굴로 선우가 노래하는 모습을 바라보았다.

선우는 노래를 아주 잘했다. 저음은 중후한 바리톤이고 중간음은 발라드풍이면서 고음에서는 음색이 아주 고운 두성을

냈다.

그렇지만 마리가 놀란 이유는 선우가 노래의 중간 부분 가사를 한 자도 틀리지 않았다는 사실 때문이다.

"그 노래를 어떻게 알아요?"

"어젯밤에 현관 밖에서 들었습니다."

마리는 눈을 동그랗게 뜨고 선우를 바라보다가 거실 너머 작은 방을 쳐다보았다.

어젯밤에 그녀는 음악실로 꾸민 작은 방에서 노래를 불렀다.

없는 돈을 들여서 방음 장치를 잘해놓은 음악실에서 부르는 노래는 여간해서는 현관 밖까지 새어 나가지 않는다.

그런데 선우가 그 노래를 들었으며 가사까지 한 자도 틀리지 않게 외웠다.

뿐만 아니라 곡조까지 정확했다.

사실 어제 마리가 노래를 부르다가 그만둔 것은 선우가 자기 집 현관문을 여는 소리 때문이 아니었다. 연습을 끝내고 그만두었던 것이다.

선우는 순진한 얼굴로 물었다.

"그 노래 제목이 뭡니까?"

"내가 사는 이유예요."

"내가 사는 이유. 처음 들었습니다."

마리는 놀라움이 가시지 않은 표정으로 말했다.

"제가 만들었어요."

"마리 씨가요?"

이번에는 선우가 놀라서 그녀를 쳐다보았다.

마리는 부끄러워했다.

"아직 아무한테도 들려준 적이 없어요. 그런데……."

그런데 선우가 제일 먼저 그 노래를 들었다.

선우는 원래 칭찬이 헤픈 사람이 아니다. 그렇지만 마리의 '내가 사는 이유'라는 노래만큼은 최고 수준이라고 인정하고 싶었다.

마리는 기대 어린 표정으로 선우를 말끄러미 바라보았다.

"어땠어요, 그 노래?"

선우는 엄지손가락을 척 세웠다.

"최고였습니다."

"정말요?"

마리는 두 손을 기도하듯이 모으고 어린아이처럼 기쁜 표정을 지었다.

선우는 진지한 표정을 지었다.

"나는 전문가가 아니라서 잘 모르지만 '내가 사는 이유'처럼 좋은 노래는 들어본 기억이 없습니다."

"설마……."

"그 노래를 듣고 내가 알고 있는 팝송 중에 하나가 생각이

났습니다."

"어떤 곡이죠?"

"멜라니 샤프카의 'The Saddest Thing'이라는 노래입니다."

마리는 손을 내저었다.

"말도 안 돼요. 멜라니 샤프카의 더 새디스트 띵은 팝의 명곡이에요. 제 노래를 어떻게 그런 명곡에 비교할 수가 있어요?"

선우의 표정이 더 진지해졌다.

"마리 씨 노래를 듣고 더 새디스트 띵이 떠올랐다는 것은 사실입니다. 두 곡이 매우 비슷한 느낌이었어요."

마리는 선우를 살짝 흘겼다.

"아주 듣기 좋은 칭찬만 하는군요."

"마리 씨."

선우가 부르자 마리는 미소를 지었다.

"네."

"내가 사는 이유 들어볼 수 없습니까?"

"지금요?"

"안 되겠습니까?"

"안 될 건 없지만……."

선우는 마리가 부끄러워한다는 걸 알았다.

좁은 음악실 안, 조금 높은 동그란 의자에 오도카니 앉은 마리는 어쿠스틱 기타를 길고 흰 손가락으로 뜯으면서 '내가 사는 이유'를 불렀다.

따로 앉을 의자가 없는 좁은 장소라서 선우는 마리의 세 걸음 앞에 서서 팔짱을 끼고 노래를 들었다.

마리의 입김이 고스란히 느껴질 정도의 가까운 거리에서 선우는 그녀의 다이내믹하고 호소력 짙은 노래를 생생하게 감상했다.

마리는 기타를 아주 잘 쳤고 노래는 더 잘 불렀다.

선우는 새벽 2시가 넘어서 자기 집으로 돌아왔다.

그의 손에는 마리가 준 USB가 쥐어져 있다. 그가 마리 노래를 좋아하니까 그녀가 자신의 자작곡이 여러 곡 담긴 USB를 준 것이다.

그런데 마리네 집에서 맥주를 마시고 또 노래를 듣다 보니까 선우가 대신 내준 회비 2만 원을 받지 않았다.

*　　　*　　　*

평소에 잘 알고 지내는 동양일보 사회부 기자가 강남경찰서 강력계 형사인 이종무에게 점심밥을 사겠다고 했다.

이종무는 남에게, 특히 기자 같은 부류에겐 뭘 얻어먹는 스타일이 아니라서 거절했더니 그럼 자판기 커피나 한잔하자고 밖으로 불러냈다.

이종무는 경찰서 현관 옆 담벼락에 기대서 종이컵의 커피를 마시며 기자를 쳐다보았다.

"본론이 뭐요?"

점심을 사겠다느니 어쩌고 하는 걸 보면 뭘 캐내려고 한다는 걸 눈치 못 챌 이종무가 아니다.

"그거 말이요, 안소희 사건."

기자가 넌지시 떠보듯이 하는 말에 이종무의 미간이 슬쩍 좁혀졌다.

안소희 사건은 윗선의 압력으로 납치범인 현성진을 무조건 석방하는 선에서 끝났기 때문에 그 사건을 알고 있는 사람이 강력계 내에서도 몇 명에 불과했다.

그걸 기자가 알아내고는 하이에나처럼 접근한 것이다.

아니, 이건 이 자식이 알아낸 게 아니다. 그렇다고 경찰에서 흘러 나간 것도 아니다.

이종무는 이놈이 그걸 어떻게 누구에게 들었는지 짐작이 갔다.

"범인, 이 형이 잡은 거요?"

이종무보다 대여섯 살 위인 기자는 다 알고 있으니까 솔직하게 까라는 듯한 표정을 지었다. 기자 생활만 20년 넘게 한 이놈은 능구렁이가 다 됐다.

이종무가 대답하지 않고 묵묵히 커피만 마시니까 기자가 훅 치고 들어왔다.

"범인, 이 형이 체포한 거 아니라던데 사실이오?"

이종무가 날카롭게 쳐다보자 기자는 움찔했다.

거기까지 알고 있다면 강력계에서 흘러 나간 정보가 아니다.

보통은 이종무가 강하게 반응하면 기자는 이쯤에서 물러나야지만 정상이다.

그런데 이놈은 겁을 먹으면서도 물러서지 않았다.

"누가 범인을 잡은 거요?"

이종무가 방금 전보다 더 날카롭게 쏘아보는데도 기자는 물러서지 않고 오히려 엄지와 검지를 구부려서 동그랗게 만들어보였다.

"누군지 알려주면 두둑하게 내리다."

이종무는 들고 있던 종이컵을 냅다 기자의 얼굴에 집어 던졌다.

퍽!

"왁!"

이종무는 거칠게 기자의 멱살을 움켜잡고는 빙글 돌려서 벽으로 밀어붙였다.

"으윽……."

뒷머리를 벽에 부딪치고 목이 조여서 숨이 막힌 기자는 오만상을 찌푸렸다.

"야, 이 새끼야. 너 어떤 새끼가 보냈어?"

"으으… 이… 이 형… 이거 놓고……."

"범인 그 씨X 새끼가 보냈냐?"

"으으……."

"대답하지 않으면 너 오늘 내 손에 죽는다. 범인이 누가 자길 체포했는지 알아내라고 널 보낸 거냐?"

"끄으으……."

다혈질인 이종무는 품속에서 권총을 뽑아 아예 기자 입속에 쑤셔 박고 눈이 시퍼레서 윽박질렀다.

"이래도 대답 안 해? 뒤통수에 구멍이 뚫려야 정신 차릴래, 엉?"

지나가던 사람들이 놀라서 발걸음을 멈추고 쳐다봤지만 이종무는 끄떡도 하지 않았다.

"어… 어……."

"너한테 이걸 시킨 그 새끼 이름이 뭐냐?"

이종무는 권총의 총신을 기자의 목구멍 속으로 깊이 쑤셔 넣었다가 빼고는 이마 한복판을 찔렀다.

"말 안 해?"

"혀… 현성진입니다……."

이종무가 예상했던 대로 천지그룹 회장의 막내아들 현성진이 기자를 보낸 것이다.

현성진은 선우를 직접 봤고 그에게 당해서 기절을 했었다.

그러니까 자신을 잡은 사람이 누군지 알아내서 복수를 하려는 것이 분명하다.

"이 쌍놈의 새끼야, 현성진 그 새끼한테 가서 똑똑히 전해라. 다음에 나한테 걸리면 좆 뿌리를 확 뽑아버린다고 말이야. 알아들었어?"

"끄으으……."

"대답해, 이 새끼야."

"아… 알았습니다……."

확!

이종무는 기자를 바닥에 거칠게 내던졌다.

바닥에 쓰러진 기자의 입에서 피가 흘러나오고 있었다.

제7장
철상어파

선우는 포르쉐911을 몰고 노원구 중계동으로 가고 있는 중이었다.

달동네 사람들을 괴롭힌다는 조폭들 문제를 해결하려는 것이다.

차 안에는 마리의 노래가 고즈넉이 흐르고 있다.

도저히 우리나라 사람 같지 않은 감미롭고도 애절한 목소리가 선우의 마음을 온통 휘저었다.

그녀가 준 USB에는 그녀의 자작곡 5곡이 들어 있다. 발표된 적이 없는 곡들이다.

선우는 집에서 출발한 이후 계속 그 노래들을 반복해서 듣고 있다.

그는 마리의 노래를 듣는 순간부터 반했다. 이런 뛰어난 실력을 지니고 있는 그녀가 어째서 데뷔조차 하지 못하고 언더그라운드에서 헤매고 있는 것인지 모르겠다.

선우가 반복해서 듣고 있는 5곡 모두 좋은 노래다. 각각의 노래가 다 특색이 있지만 그래도 선우는 '내가 사는 이유'가 제일 좋았다.

그렇다고 다른 곡들이 좋지 않다는 게 아니다. '내가 사는 이유'가 선우 마음에 제일 든다는 것이다.

선우는 포르쉐를 중계동 대로변 사설 주차장에 대놓고 걸어서 도로를 올라갔다.

조금 올라가다 보니까 공사 현장이 보였다. 몇 채의 연립주택이 있는데 철거를 하다가 중단한 상황이고 여러 사람이 모여 있었다.

선우는 사람들에게 자신이 이곳에 온 이유를 밝혔다.

사람들은 선우에게 모여들어 자신들의 딱한 사정을 털어놓기 시작했다.

잠시 후 선우는 왔던 길을 걸어서 내려갔다.

조금 전에 들렀던 '평화연립' 철거 현장에서 그곳 주민들에게 들었던 내용을 먼저 확인하려고 동사무소로 향했다.

한쪽 얘기만 듣고서 그걸 믿고 일을 처리할 수는 없다.

확인해 보나 마나 평화연립 사람들이 하는 얘기가 맞을 것이지만 그래도 매사 확인해서 나쁠 게 없다.

평화연립은 35년 전에 지어진 낡은 연립주택이며, 2층짜리 6개동에 48세대가 살고 있다.

그런데 너무 오래되고 또 옛날에 워낙 허투루 대강대강 지은 연립주택이라서 35년이 지난 지금은 당장 무너진다고 해도 전혀 이상하지 않을 만큼 낡았다.

그래서 주민들은 평화연립을 철거하고 그 자리에 번듯한 아파트를 짓기로 의견을 모았다.

옛날 연립주택인 탓에 각 동끼리의 간격이 넓고 화단과 정원, 동 사이에 몇 개의 숲도 있어서 평화연립 전체 면적은 요즘 빌라나 아파트보다 두 배 이상 넓었다.

더구나 뒤편에 야산을 끼고 있어서 조망도 무척 뛰어났다.

주민들이 전문가에게 의뢰한 결과 평화연립을 헐고 그 자리에 번듯한 아파트 3동을 지을 수 있으며, 15층 아파트를 건축할 경우 180세대가 나온다고 했다. 20층으로 지으면 더 많은 세대가 나올 것이다.

현재 평화연립 주민이 48세대니까 그들이 모두 새로 지은 아파트에 입주한다고 해도 132세대가 남는다.

한 가구당 분양가를 최저 3억 원으로만 잡아도 132가구면 400억 원 가까운 거액이다.

주민들은 그런 구상을 해놓고 아파트를 지어줄 건설사를 수소문했다.

좋은 조건이라서 여러 건설사들이 접촉해 왔으며 주민들은 그중에서 브랜드 가치가 좋고, 또 자신들에게 많은 이득을 줄 건설사를 선정하느라 머리를 맞대고 의논했었다.

그런데 갑자기 생전 들어보지도 못한 건설사가 중간에 불쑥 끼어들었다.

중운건설이라는 곳인데 거두절미하고 다짜고짜 자신들에게 아파트 공사를 맡기라는 것이다.

주민들이 알아보니까 중운건설은 아파트 건설은 한 번도 해본 적이 없는 삼류도 되지 못하는 건설사였다.

주민들은 중운건설에는 절대로 아파트 신축 건설을 맡기지 않겠다고 결의했다.

그런데 아파트를 짓게 해달라고 매일 뻔질나게 드나들던 내로라는 건설사들의 발길이 뚝 끊어졌다.

그러더니 난데없이 건달들이 평화연립에 찾아와서 행패를 부리기 시작했다.

중운건설에 아파트 건설을 맡기라면서 온갖 협박을 일삼았고 주민들은 절대로 그럴 수 없다고 버텼다.

그리고 그때부터 평화연립 주민들에게 이상한 일이 일어나기 시작했다.

처음에는 주민들이 하나둘씩 의문의 사고를 당했다.

밤길을 가다가 뺑소니차에 치이기도 했으며, 건물에서 떨어지는 물건에 맞거나 강도를 당하고, 어떤 집에서는 한밤중에 불이 나기도 했다.

두 달쯤 지났을 때 주민들은 한집 건너 한집이 의문의 사고를 당해서 피해를 보기에 이르렀다.

주민들은 그 모든 일의 배후에는 중운건설이 있을 것이라고 확신했지만 증거가 없었다.

경찰에 신고도 해봤으나 심증만 갖고는 수사할 수 없다는 대답만 들었을 뿐이다.

그래도 주민들의 결심은 완고했다. 아파트 건설을 해줄 건설사가 중운건설뿐이라면 주민들 스스로가 현실에 맞는 번듯한 빌라라도 직접 짓겠다고 의지를 불태웠다.

그래서 주민 48가구가 평화연립 대지를 담보로 은행에서 최대 리미트까지 대출을 받았다.

직접 발품을 팔아 건설 하도급 업체들을 찾아다녔고 그렇게 해서 평화연립을 철거하는 작업부터 시작했다.

그랬는데 철거 업체가 평화연립 4동 중에 3동을 철거해 놓고서는 더 이상 일을 못 하겠다면서 나자빠졌다.

그동안의 철거 비용도 일체 받지 않고서 코빼기도 내비치지 않는 것이다.

철거 업체가 중운건설의 건달들에게 협박이나 회유를 당한 게 분명했지만 그것 역시 심증뿐이다.

평화연립을 철거한다고 48가구 주민들은 주변에 전세나 월세를 얻어서 다들 나갔는데 철거 도중에 공사가 중단됐으니 빼도 박도 못하는 상황이 돼버렸다.

48가구의 한 달 대출이자만 5천만 원이 넘는다. 공사가 길어지면 길어질수록 주민들은 제 살을 깎아먹어야 하는 상황인 것이다.

그런데 사흘 전에 주민들로서는 도저히 어떻게 할 수 없는 사건이 터졌다.

평화연립 자치회장 겸 아파트건설위원회 회장의 딸이 실종되는 사건이 벌어진 것이다.

선우는 노원구 중계본동 동사무소에서 나왔다.

평화연립 주민들이 재개발을 신청했으며 8개월 전에 허가가 난 것을 확인했다.

매니저인 민종태가 다 확인했겠지만 그래도 선우가 직접 한 번 더 확인한 것이다.

선우는 큰길 3층 건물의 2층 창문에 조잡하게 큰 글씨로 '중운건설'이라고 적혀 있는 곳으로 곧장 올라갔다.

이곳은 중운건설 본사가 아니라 평화연립 때문에 임시로 얻은 사무실이다.

척!

문을 열고 들어가니까 딱 봐도 삼류 조폭이나 건달처럼 생긴 놈 3명이 싸구려 소파에 둘러앉아서 TV를 보며 중국음식을 먹고 있다가 선우를 쳐다봤다.

"넌 뭐냐?"

모델처럼 훤칠하게 잘생긴 데다 선글라스까지 쓴 선우를 보고 한 놈이 다짜고짜 반말로 거칠게 지껄였다.

선우는 문을 닫고 우뚝 서서 그들을 쳐다보며 물었다.

"당신들 중운건설 직원입니까?"

세 놈은 '어?' 하는 표정이더니 그중 한 놈이 짜장면을 먹던 젓가락을 내려놓고 일어섰다.

"맞는데 너 뭐냐고 묻잖아."

상대가 이렇게 나오면 선우도 똑같이 대접한다.

"너희들한테 물어볼 게 있다."

"이 새끼가……."

일어선 놈이 인상을 뭐처럼 와락 쓰면서 선우에게 곧장 다가왔다.

선우는 득달같이 주먹이 날아오는 걸 뻔히 보면서 구둣발로 그놈의 정강이를 아주 가볍게 툭 찼다.

딱!

"어훅!"

달려들던 놈은 그대로 앞으로 고꾸라졌다.

"저 새끼!"

나머지 두 놈이 음식 그릇을 내팽개치고 벌떡 일어나서 한 놈은 품속에서 칼을 꺼내고, 또 한 놈은 벽에 세워져 있는 야구 배트를 집어 들었다.

부웅—

정면 좌우에서 칼이 찔러 오고 야구 배트가 날았지만 선우는 오히려 두 놈 앞으로 쏜살같이 파고들어 주먹으로 옆구리를 찍었다.

퍼퍽!

"끅……."

"허걱……!"

세게 치면 내장이 파열되거나 장기가 박살 나기 때문에 최대한 가볍게 살살 때렸다.

그는 살인 주먹을 지녔기 때문에 싸움을 할 때 가장 신경을 쓰는 점은 적을 쓰러뜨리는 것이 아니라 최대한 살살 때려야 한다는 사실이었다.

밥 먹다가 날벼락을 맞은 세 놈은 소파에 앉은 선우 앞쪽 바닥에 나란히 웅송그리고 앉아 있는데 잔뜩 주눅이 들었고 선우의 눈치를 보느라 힐끔거렸다.

옆구리를 맞은 두 놈은 무릎을 꿇은 채 고통 때문에 오만상을 쓰고 있으며, 정강이를 맞은 놈은 다친 다리를 뻗은 자세로 퍼질러 앉았다.

"한 번만 묻겠다. 대답하지 않으면 그걸로 끝이다."

선우는 맨 오른쪽에 무릎 꿇은 놈을 턱으로 가리켰다.

"평화연립 자치회장 딸 어디 있지?"

사흘 전에 실종된 평화연립 자치회장 딸을 말하는 것이다.

세 놈이 움찔 놀라는 걸 선우는 놓치지 않았다. 이놈들은 알고 있는 게 분명하다.

선우는 방금 물어본 놈을 빤히 응시했다.

"모… 모릅니……."

딱!

"큭!"

선우는 일부러 큰 동작으로 주먹을 휘둘러 매우 세게 때리는 것처럼 그놈의 머리통을 갈겼다.

겁을 주려고 큰 동작을 한 것인데 사실은 최대한 힘을 빼서 살짝 때린 것이다.

머리를 얻어맞은 놈은 뒤로 벌렁 자빠지더니 그대로 기절해 버렸는데 입에서 게거품이 부글부글 흘러나왔다.

남아 있는 두 놈은 눈을 뜨고 사지를 뻗은 채 벌렁 누워서 기절해 버린 동료를 보면서 공포에 질린 표정을 지었다.

선우는 두 번째 놈을 쳐다보았다.

"질문은 전과 동이다."

놈들은 부들부들 떨었다.

"저… 전과 동이 뭡니까?"

이놈들은 무식했다.

"같은 질문이라는 거다."

두 번째 놈은 기절한 동료를 힐끗 보더니 극도로 초조해져서 혀를 내밀어 입술을 핥았다.

"그… 런데 무얼 물어보셨죠?"

초조함이 극에 달한 두 번째 놈은 선우가 무엇을 질문했는지조차도 까먹었다.

선우가 짐작했던 대로 중운건설의 사장은 조폭 두목이었다.

노원구와 강북구 일대를 쥐락펴락하는 철상어파라는 조직 폭력배의 왕초다.

지저분하게 벌어들인 돈으로 건설 회사니 뭐니 번지르르하게 차려놓고 위장을 하고 있는 것이다.

선우는 평화연립 자치회장의 딸이 감금되어 있다는 미아사거리로 포르쉐를 몰고 갔다.

그곳에 무궁화 4개짜리 르네상스라는 호텔이 있고 그 지하에 '샹그리라'라는 룸싸롱이 있는데 거기에 자치회장 딸 차연지가 있다는 것이다.

선우는 호텔 지하 주차장으로 내려가서 지하 1층에 차를 대고 그곳에서 멀지 않은 룸싸롱 입구로 향했다.

룸싸롱 샹그리라는 지하 1층에 있어서 선우가 자동문으로 들어서자 바로 오른쪽 복도 끝에 보였다.

그는 구둣발로 대리석 바닥을 울리면서 성큼성큼 샹그리라 안으로 들어갔다.

저벅저벅…….

대낮이라서 룸싸롱 안은 조용했으며 트레이닝복을 입은 젊은 남자가 복도 바닥에 걸레질을 하고 있고, 카운터에서는 한 여자가 방만한 자세로 앉아서 테이블에 발을 올려놓고 발톱에 매니큐어를 바르는 데 열중하고 있었다.

선우는 젖가슴이 훤히 들여다보이는 빨간 롱드레스를 입은 카운터의 여자에게 다가갔다.

"아가씨, 말 좀 물읍시다."

"물어봐요."

한쪽 다리를 테이블에 올린 바람에 통통하고 뽀얀 허벅지와 그 속의 팬티까지 살짝 드러낸 젊은 여자는 선우를 쳐다보지도 않고 말했다.

아마도 그를 술 도매상이나 그런 쪽에서 온 사람쯤으로 생각하는 것 같았다.

"여기에 차연지라는 여자가 어디에 있습니까?"

여자가 동작을 뚝 멈추고 처음으로 선우를 쳐다보았다.

화장을 하지 않은 민낯인데 룸싸롱 아가씨로 보였다.

"누구라고요?"

"여기 종업원이 아닌 여자입니다. 감금되어 있다고 하던데 모릅니까?"

선우는 여자의 동공이 흔들리는 것을 놓치지 않았다. 여자는 자세한 내용은 모르더라도 이곳 어딘가에 낯선 여자가 감금되어 있다는 사실을 알고 있는 게 분명했다.

"몰라요."

그렇지만 여자는 짧게 대꾸하고는 귀찮다는 듯한 얼굴로 하던 일을 계속했다. 그녀는 선우가 찾는 여자 같은 건 관심이 없는 것 같았다.

여자가 차연지에 대해서 아는 것 같지만 여자를 다그치거나 위협하는 것은 선우 스타일이 아니다. 그렇다고 살살 꼬시는 건 더 못 한다. 꼬시려다가 선우 자신이 먼저 오글거려서 두 손 들고 말 것이다.

그때 선우는 복도에서 걸레질을 하던 종업원이 걸레질을 멈춘 채 자신을 바라보고 있는 것을 발견했다.

"어이, 나 좀 봅시다."

선우가 다가가자 종업원은 슬금슬금 물러났다.

그래봤자 선우를 뿌리치지는 못한다. 순식간에 종업원을 따라잡은 선우는 그의 뒷덜미를 잡았다.

"이봐."

그런데 종업원이 다짜고짜 쥐고 있던 대걸레를 선우에게 휘둘렀다.

탁!

선우는 대걸레를 가볍게 잡고 위의 절반을 뚝 분질렀다.

그러고는 그걸로 종업원의 머리를 가볍게 툭 건드렸다.

딱!

"아으……."

살짝 건드린 것뿐인데 종업원은 머리가 쪼개질 것 같은 고통을 느꼈다.

"그 여자 어디 있지?"

선우가 대걸레 부러진 걸로 한 번 더 건드릴 것처럼 들어올리자 종업원은 질겁해서 소리쳤다.

"차… 창고에 있슴다……!"

"앞장서."

종업원을 앞세우고 가다가 힐끗 돌아보니까 카운터의 여자가 어디론가 전화를 걸고 있었다.

사적인 통화일 수도 있고 지금 상황을 철상어파의 누군가에게 알리는 것일 수도 있다.

그런데 여자가 하는 말이 선우 귀에 또렷하게 다 들렸다.

그녀는 룸싸롱 샹그리라의 지배인과 통화를 하면서 선우의 행동을 보고하고 있는 중이다.

"이상한 남자가 와서 창고에 있는 여자를 찾아요. 병수를 막 때리고 창고로 가고 있어요, 지금."

이상한 놈 선우는 주방을 지나서 창고 앞에 멈췄다.

창고 문을 열고 들어가자 여기저기 박스와 부식들이 쌓여 있으며 그 안쪽에 또 하나의 문이 있는데 크고 단단한 자물쇠로 채워져 있었다.

"열어."

"여… 열쇠가 없습니다."

종업원 병수는 징징 우는 시늉을 했다.

슥―

선우는 손으로 자물쇠를 잡고서 슬쩍 힘을 주어 비틀었다.

꽈득…….

그러자 자물쇠가 엿가락처럼 간단하게 부러지는 걸 보고 병수가 기겁을 해서 물러섰다.

선우는 문을 열고 거침없이 안으로 들어섰다.

척!

안은 입구에서 스며드는 흐릿한 불빛뿐이어서 어두컴컴했지만 시력이 탁월한 선우 눈에는 잘 보였다.

안에는 박스들이 어지럽게 쌓여 있고 한쪽 구석에 다 낡은 매트리스가 있으며 그 위에 한 사람이 누워 있었다.

선우는 입구의 벽을 더듬어서 불을 켰다. 천장에 하나짜리 형광등이 깜빡거리다가 켜지고 실내의 상황이 드러났다.

매트리스 위에 옆으로 누운 채 새우처럼 웅크리고 있는 사람은 여자였고 군용 담요를 덮고 있었다.

선우는 그 사람이 평화연립 자치회장의 딸 차연지라고 직감하고 그녀에게 다가갔다.

밖에서 머뭇거리던 종업원 병수는 이미 죽어라고 내뺐다.

선우는 매트리스 옆에 한쪽 무릎을 꿇고 그녀를 물끄러미 바라보았다.

긴 머리카락이 얼굴을 뒤덮고 있어서 용모를 제대로 알 수 없지만 갸름한 얼굴에 뺨에 상처가 있으며 까칠한 입술은 터져서 피딱지가 엉겨 붙었다.

슥…….

"차연지 씨."

선우는 손을 뻗어 여자의 어깨를 가만히 흔들었다.

"음……."

여자가 낮은 신음 소리를 내면서 속눈썹을 바르르 떨며 힘겹게 눈을 떴다.

그런데 여자는 선우를 보더니 움찔 놀라며 부르르 몸을 떨면서 애원했다.

"아아… 하지 마요… 이제 그만하세요……."

순간 선우는 불길한 예감이 번쩍 들었다.

여자가 덮고 있는 담요를 걷으니까 치마와 블라우스를 입고 있는 몸이 드러났다.

그런데 치마는 걷어 올라가서 엉덩이가 다 드러났는데 팬티를 입고 있지 않았으며 그녀의 하체 아래쪽 매트리스가 피로 붉게 물들었다.

그걸 보는 순간 선우는 여자에게 무슨 일이 있었는지 짐작했다.

또한 여자의 엉덩이와 다리에는 매를 맞은 멍과 핏자국이 선명했다.

선우는 다시 담요를 덮고 쓰고 있는 선글라스를 벗었다.

"차연지 씨, 나는 부모님이 보내서 온 사람입니다. 차연지 씨 맞습니까?"

여자는 겁에 질린 표정으로 선우를 바라보며 대답을 하지 않았다.

절망의 구렁텅이에 떨어져 있다가 구함을 받았다는 사실이 쉽게 믿어지지 않는 듯했다.

선우는 이 여자가 차연지일 거라고 생각하지만 확실하게 하자면 그녀의 대답을 들어야만 한다.

"차연지 씨 맞습니까?"

"네……."

여자 차연지는 여전히 겁에 질린 표정으로 대답했다.

"갑시다."

선우는 차연지를 담요에 싸서 가볍게 안고 일어났다.

조폭 놈들이 차연지를 강간한 것 같아서 선우는 분노가 머리 꼭대기까지 치미는 걸 간신히 억누르고 있는 중이다.

선우는 몇 명이 이쪽으로 뛰어오는 급박한 발소리를 듣고는 차연지를 매트리스에 다시 내려놓았다.

그가 일어서자 안으로 건달 3명이 우르르 밀어닥쳤다.

트레이닝복이나 후줄근한 복장으로 미루어 이곳 룸싸롱에 기생하는 놈들인 것 같았다.

"너 뭐 하는 새끼냐?"

건달들은 입구를 막으면서 세 방향으로 펼치며 그중 한 놈이 인상을 쓰면서 물었다.

선우는 차연지를 가리키며 조용하게 말했다.

"이 여자 누가 이렇게 했냐?"

건달들은 선우의 허우대가 멀쩡하고 얼굴이 반반한 걸 보고는 별것 아니라고 판단했는지 키득거렸다.

"우리가 그랬다면 어쩔래?"

"'우리가'라는 건 너희 셋을 말하는 거냐?"

방금 말한 건달1이 비죽비죽 웃었다.

"저런 삼삼한 년을 우리 셋만 먹었겠냐?"

선우는 계속 참고 있다.

"또 누가 그랬지?"

건달1은 선우를 놀렸다.

"무릎 꿇고 빌면 가르쳐 주지."

선우는 분노가 치밀어서 이놈들하고 더 이상 말을 섞고 싶지 않았다.

"이런 개자식들."

말과 함께 선우는 건달들에게 대시했다.

"어……."

선우의 대시가 워낙 빨라 건달들이 놀라서 주춤거릴 때 주먹이 그들의 몸통을 두들겼다.

퍼퍼퍽!

"끅!"

"허억!"

머리를 때리면 머리통이 부서져서 죽거나 병신이 될 수도 있기 때문에 선우는 놈들의 몸통을 때렸다.

그런데 지나치게 화가 난 나머지 살살 때린다고 때렸는데도 두 놈이 갈비뼈가 박살 나고 어깨가 무너져서 그대로 기절해 버리고 말았다.

그나마 뭘 좀 물어보려고 옆구리를 최대한 살살 건드린 놈은 바닥에 쓰러져서 몸을 새우처럼 구부린 채 끅끅 숨넘어가는 소리를 내고 있다.

선우는 바들바들 떠는 놈을 그냥 밟아버리고 싶은 걸 겨우 참고 일으켜서 벽에 기대 앉혔다.

"끄으으……."

"말해봐라. 또 누가 저 여자를 건드렸지?"

"으으……."

선우는 손가락으로 건달의 이마에 꿀밤을 살짝 건드렸다.

딱!

"끄악!"

건달은 옆구리 아픈 것을 잊어버릴 만큼 대가리가 뽀개지는 엄청난 고통에 두 손으로 머리를 감싸 쥐고 바닥을 데굴데굴 굴렀다.

"한 대 더 맞을래?"

선우는 기절하지 않을 만큼만 때리고는 냉랭하게 물었다.

"마… 망치 형님이 맨 처음에 저년을 먹었습니다……!"

"저년을 먹어?"

건달은 자지러졌다.

"으으… 저 여자분을 잡수셨습니다……."

겁에 질린 차연지는 매트리스에 앉아서 이 광경을 보며 눈물을 흘리고 있었다.

"망치가 처음에 저 여자를 범한 거냐?"

"그… 렇습니다. 저 여자분은 아다였습다……."

이놈들은 숫처녀를 처음이라는 뜻의 일본어 아타라시이를 줄여서 '아다'라고 일컬었다. 말하자면 망치가 숫처녀인 차연지를 제일 먼저 강간했다는 것이다.

건달은 더 얻어맞을까 봐 잔뜩 공포에 질려서 묻지 않는 것도 술술 토해냈다.

"그다음에 우리 세 명이 했습다… 네……."

"누가 그러라고 시켰느냐?"

"크… 큰형님께서……."

"큰형님이라는 건 철상어파 두목이냐?"

"그… 렇습다……."

"두목 어디 있지?"

선우는 철상어파 두목에게 가기 전에 건달에게 망치를 부르라고 명령했다.

건달은 선우가 지켜보는 가운데 망치에게 전화해서 샹그리라에 일이 터졌으니까 오라고 다급한 목소리로 말했다.

선우는 차연지를 포르쉐 조수석에 태웠다.

그가 다시 룸싸롱 샹그리라로 가려는데 대형 승용차 한 대가 주차장으로 내려오고 있었다.

혹시 싶어서 잠시 지켜보니까 주차한 승용차에서 두 놈이 내리는데 영락없는 조폭이다.

선우는 그들에게 다가가며 불렀다.

"어떤 놈이 망치냐?"

두 놈은 샹그리라 쪽으로 가려다가 멈춰서 선우를 쳐다봤다.

"넌 뭐 하는 새끼야?"

선우는 두 놈 앞에 우뚝 서서 슬쩍 인상을 썼다.

"어떤 놈이 망치냐고 물었다."

사실 선우는 누가 망치인지 이미 짐작했다. 방금 승용차 뒷문을 열고 내린 놈이 망치고 운전석에서 내린 놈이 꼬붕일 것이다.

그래도 선우는 확인하기를 원했다. 그는 매사 철두철미하기 때문에 모든 일을 정확하게 확인한다.

"이런 미친 새끼가……."

꼬붕이 발끈해서 앞으로 한 걸음 나서며 선우에게 냅다 발길질을 했다.

탁!

선우는 꼬붕의 발을 잡아서 홱 팽개쳤다.

휘익!

"어어……."

꼬붕은 허공을 날아가서 방금 자신이 몰고 온 승용차에 냅다 부딪쳤다.

쾅!

"으왁!"

꼬붕은 그걸로 기절했다.

선우의 한 동작에 망치의 표정이 확 돌변했다.

35세 정도에 콧수염을 살짝 기른 아무리 좋게 봐도 조폭 중간 보스일 것 같은 인상의 망치는 멈칫하며 뒤로 두 걸음 물러섰다.

선우는 그에게 바싹 다가서며 또 물었다.

"네가 망치냐?"

"너… 누구냐?"

콱!

"끄으……."

선우는 재빨리 다가들면서 왼손을 뻗어 망치의 목을 움켜잡았다. 목이 부러질 것 같고 숨이 콱 막히자 망치의 얼굴이 붉어지면서 두 주먹을 마구 휘둘렀다.

따딱!

“끄으으……”

선우가 오른손으로 망치의 두 팔을 한 번씩 짧고 강하게 건드리자 그걸로 놈의 팔뼈가 부러졌다.

“이번에도 대답하지 않으면 죽는다.”

목이 끊어질 것 같고 두 팔이 부러진 고통으로 제정신이 아닌 망치는 눈을 부릅뜨고 간신히 말했다.

“내… 내가 망치입니다… 도대체 왜……”

“평화연립 자치회장 딸 니가 범했지?”

“……”

“범했지?”

“그… 렇습니다……”

선우의 얼굴이 무섭게 일그러졌다.

“이 개새끼……”

“자… 잘못했습니다… 살려주십시오… 제발……”

“이 새끼야, 그 여자도 너한테 이렇게 빌지 않았니?”

“그… 렇습니다……”

“그래서 니가 그 여자를 용서했니?”

"……."

"이 쌍놈의 새끼."

선우는 망치의 목을 놓으면서 발등으로 사타구니를 짧게 걷어찼다.

퍽!

"끄악!"

망치는 뒤로 붕 날아갔다가 바닥에 떨어져서도 주르르 밀려갔다.

입에서 침을 질질 흘리면서 기절한 그는 사타구니가 완전히 짓뭉개졌다.

다시는 살려달라고 비는 여자를 강간하지 못할 것이다.

선우로서는 망치를 죽이고 싶은 것을 겨우 참았다.

선우는 차연지를 근처의 병원에 입원시킨 후에 서울 종로경찰서 강력계 천형욱 형사에게 전화를 해서 병원으로 오라고 했다.

선우가 강남에서 사건을 처리했을 경우에 강남경찰서 이종무에게 사건을 넘겨주는 것처럼, 강북에서는 종로경찰서 천형욱에게 맡긴다.

차연지가 입원한 병실 침대 옆에 서 있던 선우는 병실로 들어서는 낯선 여자를 보고 그녀가 형사일 거라고는 예상하지 않았다.

"누구십니까?"

"골드핑거를 만나러 왔습니다."

여자는 사무적으로 말했다.

선우는 차연지를 치료하고 있는 의사와 간호사를 힐끗 보고는 여자를 데리고 병실 밖으로 나갔다.

"천형욱 형사가 보냈습니까?"

"그렇습니다."

여자는 가죽점퍼 차림에 머리카락을 올백으로 해서 머리 뒤에서 묶은 강단 있는 모습이며 말투는 딱딱했다.

"실례지만 천형욱 형사하고는 어떤 관계입니까?"

"파트너입니다."

여자는 지나칠 정도로 사무적이었다.

선우는 어째서 천형욱이 오지 않았는지 조금 원망스러웠다.

그런 선우의 기색을 읽었는지 여자가 설명했다.

"선배님은 바쁘십니다."

여자는 뒷짐을 진 채 건조하게 자기소개를 했다.

"종로경찰서 강력 2반 천선녀입니다."

선우는 '선녀'라는 이름에 자신도 모르게 미소가 지어졌다.

"본명입니까?"

"본명입니다."

천선녀의 얼굴이 더 딱딱해졌다. 아마도 그녀는 이름 때문에 놀림을 많이 당했을 것이다.

천선녀는 선우가 무슨 말을 하기도 전에 불쑥 치고 들어왔다.

"천 선배님께서 골드핑거에게 사건을 인수받으라고 했는데 무슨 사건입니까?"

선우는 방금 나온 병실을 턱으로 가리켰다.

"저 안의 여자는 여대생인데 납치됐다가 조폭 4명에게 성폭행을 당했습니다."

선우는 천선녀가 미간을 좁히는 걸 보고 그녀가 분개하고 있다고 짐작했다.

여자 경찰들은 성폭행 사건에 대해서는 금세 분노하는 경향이 있다.

"어떤 놈들입니까?"

"따라오십시오."

선우는 선녀를 1층 응급실로 데려갔다.

"저기 왼쪽부터 4명입니다."

응급실에 나란히 누워 있는 조폭 5명을 가리켜 주고 선우는 차연지가 있는 병실로 올라왔다.

병실에는 차연지의 부모가 와서 차연지를 부둥켜안은 채

울고 있었다.

평화연립 자치회장 부부는 딸이 조폭들에게 성폭행을 당했다는 사실을 아직 모르고 있었다.

차연지가 자기 입으로 그 사실을 말하기는 곤란할 것이다.

선우는 그들이 자신을 발견하기 전에 병실을 나왔다.

이 사건을 경찰에 넘겼기 때문에 이쯤에서 그는 빠지는 것이 좋다고 판단했다.

선우가 엘리베이터 앞에 서 있는데 응급실에 있던 선녀가 병실에 왔다가 그를 발견하고 다가왔다.

"조폭들에게 무슨 짓을 한 겁니까?"

"뭐 말입니까?"

"어떻게 했기에 4명이 전부 중상을 입은 겁니까?"

처음에 선우와 마주쳤던 건달 세 명 중에 두 명은 갈비뼈와 어깨뼈가 박살 났으며 한 명은 내장 이탈에 이마 쪽 머리뼈에 잘게 금이 갔다.

그리고 나중에 부하의 전화를 받고 달려온 룸싸롱 사장 망치는 사타구니가 짓뭉개지고 허리가 부러졌다.

"대체 뭘로 때린 겁니까? 야구 배트입니까?"

선우가 대답하지 않고 그냥 엘리베이터에 타자 선녀도 따라서 탔다.

두 사람은 병원 마당의 벤치에 앉아서 대화를 나누었다.

대화라고 해봐야 선우가 평화연립 사건에 대해서 설명하고 선녀는 듣는 게 전부였다.

얘기를 다 듣고 난 선녀는 미간을 찡그렸다.

"나는 소설 같은 거 쓰는 재주가 없습니다."

선우가 한 일을 선녀 자신이 한 것처럼 조서를 꾸미는 걸 소설 쓰는 것에 비유를 한 것이다.

"선배님한테 당신에 대해서 대충 얘기를 듣기는 했지만 그러지 말고 사실대로 조서 작성하면 안 되겠습니까?"

선우는 아무 말도 하지 않고 일어나서 병원 정문으로 걸어갔고 선녀는 따라 일어나서 그를 불렀다.

"이것 봐요, 그냥 가면 어떻게 합니까?"

키가 170㎝에 후리후리한 체격인 선녀는 두 손을 허리에 얹고 선우의 뒷모습을 차갑게 노려보았지만 더 이상 부르지 않았다.

그런데 그녀 대신 다른 사람이 선우를 불렀다.

"여보시오! 나 좀 봅시다!"

차연지의 아버지가 선우를 찾으러 밖에 나왔다가 그가 정문으로 걸어가는 것을 발견한 것이다.

선녀는 차연지 아버지 차준환이 선우의 두 손을 잡고 연신 고개를 숙이는 광경을 보고는 그가 누구라는 것을 대강 짐작했다.

선녀는 선우와 헤어져서 병원 입구로 걸어가는 차준환을 불러 세웠다.

"차연지 씨하고는 어떤 관계입니까?"

"누구요?"

"이 사건 담당 형사입니다."

선녀가 신분증을 꺼내서 보여주자 경계하던 차준환의 얼굴이 조금 누그러졌다.

"내가 연지 애비요."

선녀는 막 정문을 나가고 있는 선우를 힐끗 보면서 물었다.

"조금 전 그 사람에게 이 사건을 의뢰했습니까?"

"그랬습니다."

"저 사람이 의뢰비를 얼마 달라고 했습니까?"

"한 푼도 받지 않겠다는군요."

선녀는 묘한 표정을 지었다.

"조금 전에 그런 말을 한 겁니까?"

"아니요. 처음부터 돈을 한 푼도 받지 않고 우리 일을 해주겠다고 한 거요."

선녀는 그럴 리가, 하는 표정을 지었다.

차준환은 이제 선우가 보이지 않는 정문을 쳐다보며 아쉬운 표정을 지었다.

"너구나 그 사람 우리 딸 치료비까지 내고 갔다는 거요. 요즘 세상에 저런 사람이 있다니……."

그렇지만 선녀는 감동을 받기보다는 다른 걸 생각했다.

'뭔가 구린 데가 있는 놈이로군.'

의뢰비도 받지 않은 데다 치료비까지 내주는 그런 선한 사람, 아니, 정신 나간 놈이 요즘 세상에는 천연기념물처럼 희귀하다고 믿는 선녀다.

그녀는 천 선배에게서 골드핑거에 대한 설명을 제대로 들을 기회가 없었다.

차연지 아버지 차준환과 헤어진 선녀는 응급실로 가는 도중에 파트너 천형욱의 전화를 받았다.

—너 왜 내가 시키는 대로 하지 않는 거냐?

"뭐가 말입니까?"

선녀는 선우가 천형욱에게 전화해서 고자질을 했을 거라고 직감했다.

—골드핑거한테 조서 사실대로 작성하자고 그랬다면서?

선녀는 발끈했다.

"그 쫌생이 자식이……."

—귀 씻고 잘 들어. 네가 아무리 죽기 살기로 버둥거려도 너는 절대로 골드핑거 발뒤꿈치에도 못 따라간다! 누구더러 쫌생이야?

"……."

선녀는 어금니를 힘껏 깨물었다. 선우가 눈앞에 있으면 한 대 걷어차고 싶은 마음이다.

—쓸데없는 말로 골드핑거 귀찮게 하지 말고 사건 넘겨받았으면 제대로 처리해.

"그런데 이 사건 해결하려면 철상어파 대가리를 만나야 할 것 같습니다."

—철상어파? 조폭이 관련된 거야?

"그렇습니다. 철상어파가 중계본동 평화연립 주민의 재건축을 자기들한테 맡기라면서 자치회장 여대생 딸을 납치, 감금해서 성폭행했습니다. 철상어파 대가리가 명령했을 테니까 그놈도 잡아넣어야죠."

—서에 지원 병력 요청해서 같이 가라.

"알겠습니다."

—꼭 지원 병력 요청해라. 내가 확인할 거다.

선녀는 선우에게 치미는 화를 천형욱에게 풀었다.

"알았다니까요!"

—이 기집애가 누구한테…….

"끊습니다."

선녀는 일방적으로 통화를 끊고 나서는 허공에 주먹을 휘둘렀다.

"이 쫌생이 자식, 내 손에 걸리면……."

선우는 잠시 후에 병원 옥외 주차장에 나타났다.

포르쉐를 병원 주차장에 주차해 놨기 때문에 병원을 나갔다가 다시 돌아온 것이다.

선우는 중운건설 본사를 찾아갔다.

번듯한 6층 건물 전체가 중운건설 소유인데 1층부터 4층까지 세를 주고 5층과 6층을 중운건설과 몇 개의 자회사들이 사무실로 사용하고 있다.

차연지를 납치하고 성폭행한 사건은 선녀에게 넘겼지만 중운건설 사장, 즉 철상어파 두목에게 평화연립 아파트 신축 건설에서 손을 떼라는 확답을 받고 또 차연지를 납치, 성폭행한 것에 대한 징계가 남아 있다.

선우가 중운건설 사장실로 들어섰을 때에는 실내에서 희한한 광경이 벌어지고 있는 중이었다.

한눈에 척 봐도 조폭이 분명한 정장 입은 사내들이 벽 앞에 일렬로 길게 죽 늘어서 있고, 다른 한 명이 그들을 차례대로 때리고 있는 중이다.

"이 병신 같은 새끼들!"

퍽퍽퍽…….

선우는 늘어선 사내들 중간쯤의 한 사내 얼굴을 무차별 마구 때리고 있는 정장 입은 40대 인물이 철상어파 두목일 거라고 짐작했다.

한쪽에 따로 서 있는 정장 사내가 문을 벌컥 열고 들어온 선우를 쳐다보며 슬쩍 인상을 썼다.

"넌 뭐야?"

선우는 천천히 걸어 들어가면서 철상어파 두목이라고 짐작한 40대를 쳐다보았다.

"네가 철상어파 두목이냐?"

선우는 원래 예의 바른 청년이지만 그것도 사람을 봐가면서 따진다.

달동네 사람들을 협박하고 여대생을 납치해서 성폭행이나 하는 이런 쓰레기들에게 예의를 갖춘다는 것은 예의에 대한 모독이다.

"이런 대가리에 피도 안 마른 새끼가 뒈지려고……."

한쪽에 서 있던 35살 정도의 부두목쯤으로 보이는 자가 선우에게 걸어오면서 욕을 했다.

두목이라고 짐작하는 사내와 늘어선 사내들이 쳐다보고 있는 가운데 선우에게 걸어간 사내가 냅다 주먹을 휘둘렀다.

"이 새끼야! 여기가 어딘 줄 알고……."

"어디긴 어디냐? 쓰레기통이지!"

선우의 발끝이 주먹을 휘두른 사내의 복부로 파고들었다.

퍽!

"커윽!"

사내는 뒤로 붕 날아가서 커다란 책상에 부딪쳤다가 바닥에 나동그라졌다.

우당탕!

"끄으으……."

그러고는 배를 움켜잡고 끙끙거리면서 일어나지 못했다.

선우는 서둘지 않았다. 그는 걸음을 멈추고 두목을 쳐다보며 다시 물었다.

"네가 철상어파 두목이냐?"

"이런 X만 한 새끼가……."

두목은 책상 쪽으로 물러서면서 고갯짓을 했다.

"죽여!"

그러자 일렬로 늘어서 있던 10여 명의 사내, 즉 조폭들이 선우에게 우르르 덤벼들었다.

10여 개의 주먹과 발길질이 선우에게 한꺼번에 날아들었지만 하나도 그의 몸에 닿지 않았다.

퍼퍼퍼퍽…….

"흑!"

"끅!"

"왁!"

몽둥이로 이불을 두드리는 것 같은 소리와 고통에 가득 찬 답답한 신음 소리가 거의 동시에 터졌다.

쿠쿠쿵…….

선우에게 덤벼들었던 10여 명의 사내는 도미노처럼 우르르 쓰러졌다.

뒷걸음질 치던 두목은 채 두 걸음도 물러나기 전에 부하들이 모조리 쓰러진 걸 보고 눈을 커다랗게 떴다.

"어……."

선우는 두목에게 걸어갔다.

"평화연립 알지?"

두목은 부하들이 쓰러진 채 끙끙 신음 소리를 내면서 아무도 일어나지 못하는 걸 놀라는 표정으로 쳐다보았다.

방금 전에 두목은 선우가 부하들을 어떻게 했는지 제대로 보지 못했다.

그는 설마 선우가 주먹으로 부하들을 죄다 쓰러뜨리지는 않았을 것이라 여기고 선우의 손을 봤으나 빈손이다.

"거기 자치회장 딸 납치하라고 니가 시켰지?"

두목은 눈을 껌뻑거렸다.

선우는 때릴 것처럼 주먹을 들어 올렸다.

"헛!"

두목은 움찔 놀라 두 팔로 커버를 하면서 뒤로 물러났다.

그러다가 갑자기 한쪽으로 달려가서 벽에 걸려 있는 일본도를 뽑았다.

차앙!

푸르스름한 광채를 뿌리는 일본도를 두 손으로 잡은 그는 기세등등해졌다.

그는 책상의 인터폰을 누르고 소리쳤다.

"다들 무기 될 만한 거 챙겨서 사장실로 뛰어와라!!"

그는 선우가 우두커니 서 있는 걸 보고 일본도 때문에 겁먹었다고 착각했다.

"흐흐… 이 새끼, 너 오늘 뒈졌다."

선우가 천천히 몸을 돌리니까 두목이 버럭 소리 질렀다.

"토끼지 마라, 이 새꺄!"

그러나 선우는 소파에 털썩 앉았다.

"부하들 다 모이려면 오래 걸리냐?"

두목은 멍한 얼굴로 아무 말도 하지 못했다. 선우가 도망갈 줄 알았는데 소파에 앉아서 느긋하게 기다려 줄 거라고는 예상하지 못했다.

선우는 다리를 꼬았다.

"몇 놈씩 찔끔거리면서 오지 말고 한꺼번에 다 모여서 덤비라고 해라."

두목은 뭐 저런 또라이 같은 게 다 있어? 하는 표정이었다.

선우는 소파에 길게 눕듯이 몸을 쭉 펴고 두 손을 깍지 껴서 뒷머리를 받치고 눈을 감았다.

두목은 바닥에 쓰러져서 끙끙거리며 여전히 일어나지 못하는 부하들과 선우를 번갈아 쳐다보았다.

그는 평소 일본도를 손에 쥐면 무서울 게 없다고 큰소리 떵떵 쳤지만 웬일인지 지금은 눈을 감고 있는 선우를 공격하지 못했다.

그때 급박한 발소리가 나면서 여러 복장의 사내들이 손에 칼이나 야구 배트 따위의 무기를 움켜쥐고 사장실 안으로 우르르 몰려들었다.

그런데도 선우는 그 자세 그대로 눈을 뜨지 않았다.

두목은 부하들에게 기다리라는 손짓을 했다. 부하들이 다 모이면 한꺼번에 선우를 공격하게 할 생각이다.

중운건설 본사 건물에 있던 철상어파 부하들은 얼추 다 모인 것 같다.

사장실에 모인 조폭 60여 명은 선우가 앉아 있는 소파를 겹겹이 에워쌌다.

선우에게 맞아서 쓰러져 있던 놈들은 몰려온 조폭들이 다

밖으로 끌어냈다.

"저 새끼 죽여!"

두목의 외침이 터지자 조폭들이 우르르 선우를 향해 덮쳐 들면서 무기를 휘둘렀다.

부웅! 위잉!

그 순간 선우는 상체를 일으키는 것과 동시에 자세를 낮추고 테이블을 뛰어넘어 조폭들 속으로 파고들었다. 그러자 둔탁한 소리와 신음, 비명 소리가 쉴 새 없이 터져 나왔다.

퍼퍼퍼퍼퍽!

"끅!"

"와악!"

"허윽!"

싸움에서 승패를 가르는 것은 무조건 빠름이고 그다음이 힘이다.

선우는 워낙 빠르기 때문에 조폭들을 움직이지 못하게 묶어놓고 때리는 것 같았다.

선우로서는 조폭들하고 싸우는 게 어린아이들하고 싸우는 것보다 수월했다.

무협 소설에 나오는 무림이라는 곳에 가면 그는 고수 반열에 속할 것이다.

그런 그이기에 이런 오합지졸은 천 명하고 싸워도 지치지도

패하지도 않는다.

두목은 부하들에 가려서 안쪽 상황이 보이지 않지만 부하들이 선우를 몰매놓고 있는 것이라고 여겼다.

60여 명이나 되는 무기를 든 부하들이 맨손의 선우 한 명에게 당할 거라는 생각은 눈곱만큼도 하지 않았다.

그러나 잠시 후에는 두목의 그런 상상이 착각이라는 것이 드러났다.

불과 20초밖에 지나지 않았는데 30여 명의 부하가 무더기로 쓰러졌으며 듬성듬성 서 있는 부하들 사이로 선우가 빛처럼 빠르게 좌충우돌하면서 부하들을 때려눕히고 있는 광경이 보였다.

"저 새끼……."

두목의 눈이 찢어질 듯이 부릅떠졌다.

그가 보기에 부하들은 가만히 서 있는데 선우 혼자서 빙글빙글 돌면서 샌드백 치듯이 부하들을 때리고 있었다.

그로부터 20초 후에는 서 있는 조폭은 두목 한 명뿐이었다.

철상어파 두목 황주일은 완전히 얼이 빠져 버렸다.

"평화연립 말이다."

"와앗!"

선우가 갑자기 앞으로 불쑥 다가와서 말하자 황주일은 소스라치게 놀라 들고 있던 일본도를 발작적으로 휘둘렀다.

탁!

그런데 일본도는 어느새 선우 손으로 넘어갔으며 무언가 여러 줄기의 흰 빛살이 눈앞에서 어른거리는 걸 봤다 싶은 순간 황주일은 선뜻한 추위를 느꼈다.

눈을 껌뻑거리는 황주일은 눈앞에 서 있는 선우가 오른손에 일본도를 쥐고 있는 것을 발견했다.

그리고 허공에 휴지 조각 같은 것들이 눈송이처럼 팔랑거리는 광경을 멍한 얼굴로 바라보았다.

선우가 조용히 타이르듯 말했다.

"평화연립에서 손 떼라."

"……."

황주일은 자신이 불룩한 배를 내민 채 팬티만 입고 서 있는 것을 뒤늦게 발견하고 혼비백산했다.

"우앗!"

방금 전 흰 빛살이 눈앞에서 어른거렸던 것이 그의 옷을 조각조각 자른 것이었다.

선우는 일본도를 눕혀서 평평한 면으로 황주일의 어깨를 툭툭 건드렸다.

"평화연립 또 괴롭히면 그땐 죽일 거다."

"우욱……."

황주일은 해머로 어깨를 내려찍는 통증을 느끼면서 주저앉았다.

그때 선우가 발끝으로 주저앉는 그의 가슴을 살짝 걷어찼다.

퍽!

“으악!”

황주일은 가슴팍이 완전히 으깨어지면서 뒤로 붕 날아가 책상 너머 자신의 의자에 털썩 앉혀졌다.

그러고는 그대로 기절했다.

제8장
이적 행위

겁이라고는 모르는 선녀지만 지금은 철상어파 본거지에 단독으로 쳐들어가는 것이라서 조금 긴장했다.

그녀는 태권도와 유도, 검도, 종합 격투기를 모두 합쳐서 13단이라는 고수다.

그러나 그것보다 그녀를 더욱 강인하게 만드는 것은 든든한 배짱과 깡다구다.

목에 칼이 들어와도 눈 하나 까딱하지 않는 배짱과 깡다구의 소유자다.

그런데 중운건설 본사가 있다는 6층에 올라왔지만 쥐새끼한 마리 보이지 않았다.

단지 복도 끝에 사내 여러 명이 쓰러져 있으며 '아이고, 나 죽네' 라든가 끙끙 앓는 소리를 내고 있었다.

선녀는 가죽점퍼 안쪽에서 리볼버 권총을 꺼내 오른손에 움켜쥐고 복도 끝으로 접근했다.

그곳의 사내들은 다가오고 있는 선녀를 보면서도 일어날 생각을 하지 못하고 끙끙 신음 소리만 내고 있다.

선녀는 쓰러져 있는 십여 명의 사내 말고 복도 끝의 활짝 열려 있는 문 안쪽에서 더 큰 신음 소리가 흘러나오는 것을 들었다.

'이거 지금 뭐 하는 시츄에이션이야?'

그녀는 쓰러져 있는 사내들을 요리조리 피하고 뛰어넘으면서 지나갔다. 그러고는 바짝 긴장하면서 열려 있는 문 옆에 찰싹 붙어 안쪽의 동정을 살폈다.

"어구구……."

"으으… 살려줘……."

실내에서 수십 명이 한꺼번에 쏟아내는 앓는 소리가 파도 소리처럼 흘러나왔다.

선녀는 실내에 대체 어떤 일이 벌어지고 있는 것인지 도무지 상상이 가지 않았다.

그녀는 한 차례 길게 숨을 내쉬고는 득달같이 문 안으로 뛰어들면서 권총을 겨누며 외쳤다.

"움직이면 쏜다!"

그러나 실내에는 움직이는 사람이 아무도 없었다.

대충 60여 명 정도가 하나같이 바닥에 쓰러져 있는데 그중에 태반은 기절했고 깨어 있는 놈들은 죽는다고 끙끙 신음 소리를 내고 있었다.

선녀는 눈앞에 벌어져 있는 광경에 어리둥절해졌다.

'뭐야, 이게?'

그녀의 시선이 커다란 책상 너머 의자에 벌거벗은 채 앉아서 기절한 철상어파 두목 황주일에게 향했다.

황주일 머리 위에는 일본도가 절반쯤 깊숙이 꽂혀 있었다.

선녀의 뇌리에 딱 한 사람의 모습이 떠올랐다.

'골드핑거!'

선우가 포르쉐를 몰고 집으로 돌아가고 있을 때 휴대폰이 울렸다.

처음 보는 번호다.

"네."

그가 짧게 말하자 저쪽에서 대뜸 시비조로 나왔다.

—당신, 뭐야?

선우는 카랑카랑한 목소리를 듣자마자 천형욱의 파트너 여

형사 선녀라는 걸 알아차렸다.

선우는 선녀에게 휴대폰 번호를 가르쳐 주지 않았다. 그렇다면 그녀가 천형욱에게서 알아냈을 것이다. 천형욱이 그녀에게 선우 휴대폰 번호를 가르쳐 주었다면 그 정도로 그녀를 신임하고 있다는 뜻이다.

"용건을 말하십시오."

—철상어파 당신이 그랬지?

뚝…….

선우는 전화를 끊었다. 선녀가 반말을 찍찍 하는 게 몹시 듣기 거슬렸다.

전화가 계속 왔다. 선녀다. 그녀가 똑똑하다면 선우가 왜 통화를 끝냈는지 짐작할 것이다.

선우는 선녀의 번호를 차단했다. 앞으로는 그녀가 고분고분해지기 전에는 통화하는 일이 없을 것이다.

*　　　*　　　*

탕!

"갓뎀잇!"

주한 미국 대사 로건 브룩스는 손바닥으로 책상을 내려치며 낮게 소리쳤다.

"그 사람들 미친 거 아냐? 어떻게 그런 짓을 할 수가 있지? 이건 자신들 국가에 대한 명백한 이적 행위야!"

보고자인 대사관 직원은 착잡한 표정으로 설명했다.

"한국 정부가 북한의 눈치를 너무 보기 때문입니다. 한국의 이번 정권은 어떻게 해서라도 북한과의 관계를 지금처럼 좋게 유지하고 싶어 합니다."

"음……."

"한국 정부는 현재 북한하고 진행하고 있는 여러 가지 경제와 정치적인 사업들이 별다른 차질 없이 잘 진행되기를 원하고 있습니다."

"바로 그런 점이 우리하고 배치되는 거야. 북한은 실질적인 핵보유국이야. 게다가 깡패 국가라는 말이야. 깡패한테 핵무기를 쥐어주면 무슨 짓을 할 것 같은가?"

로건은 아무리 생각해도 현재 벌어지고 있는 대한민국의 어리석은 행동을 이해할 수 없다는 표정을 지었다.

"그래서 지금 강명주 어디에 있는 건가?"

"공항으로 가고 있는 중이랍니다."

"으음……."

로건의 얼굴이 더욱 일그러졌다.

직원, 즉 로건의 참모인 카펜터는 어두운 표정으로 말했다.

"강명주가 인천공항에서 중국행 비행기에 탑승하면 우리로

서는 더 이상 손을 쓸 수가 없습니다. 이 일은 엄연히 대한민국의 권한입니다."

그는 고개를 가로저었다.

"아니, 지금 현재로서도 손을 쓸 방법은 없지요."

로건은 의자에 깊숙이 몸을 묻고 두 손으로 얼굴을 감쌌다.

"으음……."

그에게서 괴로움이 뚝뚝 묻어났다.

참모 카펜터는 로건의 그런 모습을 보는 것이 더 괴로운 듯 착잡하게 말했다.

"여긴 한국입니다. 국정원이 직접 나선 상황에 우리가 손을 쓸 방법은 전혀 없습니다."

* * *

이종무는 수사 때문에 강남의 한 호텔에 동료들과 함께 잠복해 있다가 화장실에 갔다.

소변을 너무 오래 참았더니 방광이 터질 것만 같아서 배가 아프기까지 했다.

호텔 화장실이라서 조용하고 깨끗했다.

이종무는 소변기 앞에 서서 지퍼를 내리자마자 거센 물줄기를 쏟아냈다.

왼쪽에서 소변을 보던 외국인이 그가 세차게 소변을 보는 소리에 힐끗 쳐다보더니 빙그레 미소 지었다.

그때 한 사람이 들어와서 안쪽으로 들어가 외국인 왼쪽에서 소변을 보기 시작했다.

이종무는 워낙 오랫동안 참았던 탓에 소변이 끝없이 쏟아져 나왔다.

외국인이 손을 씻고 나서 나가고 소변기 앞에는 이종무와 왼쪽으로 한 칸 건너 한 사람뿐이다.

"후우……."

소변 줄기가 가늘어지자 이종무는 한숨을 내쉬었다.

그때 왼쪽 한 칸 건너 남자가 괴춤을 추스르더니 소변보기를 마치고 이종무 뒤로 지나갔다.

그런데 문득 이종무는 뒤통수가 싸아… 하게 당기는 느낌을 받았다.

바로 그때 뭔가 가느다랗고 차가운 물체가 이종무의 목에 휘감겼다.

휘익!

"읏……."

그 순간 이종무는 재빨리 상체를 뒤틀면서 팔꿈치로 뒤쪽을 세게 찔렀다.

그러나 팔꿈치는 허공을 찔렀으며 이종무의 목을 감은 그 무엇이 거세게 바짝 조여졌다.

"끄으으……."

그 순간 그는 자신의 목을 감은 것이 피아노선이라고 직감했다.

피아노선은 가늘고 강해서 힘을 가하면 즉시 살 속으로 파고들기 때문에 주로 프로 암살자들이 즐겨 사용한다.

하지만 피아노선은 다루기가 까다롭고 대단한 완력을 요구하기 때문에 어수룩한 아마추어가 잘못 사용했다가는 오히려 낭패를 당하고 만다.

그런데 지금 피아노선으로 이종무의 목을 조르고 있는 자는 전문가 프로 중에 프로다.

힘이 대단할 뿐만 아니라 이종무가 발작적으로 반항을 하는데도 먹히지가 않는다.

"끄으으… 으으……."

이종무는 목이 끊어지는 고통을 느끼면서 두 손으로 피아노선을 잡으려고 버둥거렸지만 이미 살 속으로 깊이 파고든 피아노선은 잡히지 않았다.

이종무 얼굴은 피가 몰려서 시뻘개졌으며 눈알이 튀어나올 것처럼 부릅떠졌다.

정신이 아득해지기 시작했다. 그러면서 이러다간 죽을 수도 있다는 다급한 생각이 들었다.

그런데 그때 암습자가 이종무를 뒤쪽으로 끌고 대변을 보는 화장실 칸 안으로 끌어당겼다.

암습자는 두 손으로 피아노선을 잡고 있기 때문에 손을 다른 용도로 사용하지 못하고 오로지 피아노선으로만 이종무를 끌어당길 수밖에 없는 상황이다.

이종무로서는 뒷걸음질을 치면서 그에게 끌려가지 않으면 목이 잘라지고 말 상황이다.

그런데도 그는 끌려가지 않으려고 버텼다. 대변보는 화장실 안으로 끌려 들어가면 그걸로 끝장이라는 것과 누군가 화장실에 들어왔다가 이 광경을 목격해야지만 살아날 수 있다는 생각이 너무도 간절했기 때문이다.

얼마나 급박하고 절박한 상황이면 이종무는 점퍼 속에 있는 권총을 꺼내지도 못했다. 지금은 지퍼를 잡는 동작조차도 불가능했다.

퍽!

그때 암습자가 무릎으로 이종무의 등을 찍었다.

"끅……."

그러고는 피아노선이 약간 느슨해지면서 팔로 이종무의 목을 감고 대변보는 화장실 안으로 끌고 들어갔다.

이종무는 자신의 목을 휘감고 끌어당기는 팔이 마치 강철 같다는 느낌이 들었다.

아무리 강철 같다고 해도 피아노선보다는 훨씬 편하다.

또한 피아노선은 손에 잡히지 않기 때문에 반항을 할 수 없지만 팔뚝은 방법이 있다.

이종무는 끌려가면서 두 손으로 암습자의 팔뚝을 잡고 두 발의 뒤꿈치로 바닥을 힘껏 밀었다.

팍!

순간 암습자의 균형이 무너지면서 등을 대변보는 화장실 문에 거세게 부딪쳤다.

쿵!

그러면서 목을 감고 있는 팔뚝이 조금 풀어졌을 때 이종무는 재빨리 반 바퀴 빙글 돌아 아래를 바라보는 자세에서 뒤로 물러나며 빠져나오면서 두 팔을 마구 휘둘러 암습자의 공격을 차단하려고 했다.

"허억헉… 헉헉……."

이종무는 소변기 쪽에 등을 대고 주저앉지 않으려고 애쓰면서 재빨리 암습자를 찾아보았다.

그런데 눈앞에 아무도 없다.

뭔가 거무스름한 것이 왼쪽 눈 가장자리로 보이는 것 같아서 고개를 돌려보니까 검은 옷을 입은 사람이 막 화장실을 나가고 있는 게 보였다.

"야… 이 개새끼야……."

고함을 지르려고 했는데 목소리가 쩍쩍 갈라져서 쉰 목소리가 흘러나왔다.

"흐으으……."

이종무는 다리를 부들부들 떨다가 결국 그 자리에 털퍼덕 주저앉고 말았다.

그의 목에서 피가 줄줄 흘러내렸다.

선우는 파라다이스맨션 집에 도착해서 작은방 작업실에 들어가 컴퓨터 앞에 앉았다.

문득 책상에 있는 봉투 하나가 눈에 띄었다. 어제 저녁 식사 후에 로건이 그에게 사례금이라면서 준 봉투였는데 집에 와서 그냥 책상에 던져놓고 내용물을 보지 않았었다.

내용물을 꺼내 보니까 1억 원짜리 자기앞수표다.

거액이지만 주한 미국 대사 부인과 아들딸을 테러범으로부터 구해주었으니까 당연한 사례금일 수 있다. 그런 차원에서 봤을 때 많지도 적지도 않은 적당한 수준이다.

선우는 옷을 갈아입고 집을 나섰다.

늘 즐겨 입는 청재킷에 청바지, 그리고 쿠션이 좋은 런닝화를 신었으며 미러 선글라스를 썼다.

척!

그가 계단을 내려가려는데 401호 현관문이 열리면서 마침 마리가 나오다가 그를 발견하고 깜짝 놀랐다.

"어머? 선우 씨."

선우는 빙그레 환한 미소를 지었다.

"마리 씨, 어디 갑니까?"

두 사람은 옥상 모임 이후에 조금 친해졌다.

마리의 모습은 변해 있었다. 원래는 탈색을 한 백발 머리였는데 지금은 염색을 했는지 다시 검은 머리가 됐다.

마리는 조금 수줍어했다.

"알바 가요."

두 사람은 나란히 계단을 내려갔다.

"알바합니까?"

마리는 밝게 미소 지었다.

"원래 알바했어요. 오디션 준비 때문에 며칠 쉬었지요. 그것 때문에 탈색도 했었고……."

마리의 경제 사정에 대해서는 잘 모르지만 그녀가 열심히 살고 있다는 느낌이 들었다.

선우는 문득 며칠 전 저 아래 순댓국집에서 마리가 술에 취해서 열변을 토했던 게 생각났다.

그때 마리는 대한민국 음악계가 걸 그룹이나 보이 그룹 등

아이돌에 올인하기 때문에 점점 퇴보하는 거라고 강하게 주장했었다.

연예계의 생리에 대해서 선우는 잘 모르지만 어느 정도 갖고 있는 상식만으로 봤을 때 마리의 주장은 틀리지 않는 것 같았다.

음악이라는 것이 여러 분야가 고르게 발전해야지 한쪽만 기형적으로 뻗어나가면 언젠가는 부작용이 발생할 것이다.

어쨌든 선우 생각에 마리의 노래는 매우 좋았다. 그러나 그는 전문가가 아니기 때문에 자신이 좋아하는 노래를 다른 사람, 즉 대중들도 좋아할 것인지에 대해서는 뭐라고 말하기가 곤란하다.

"알바하는 곳이 먼가요? 태워줄까요?"

계단을 다 내려와서 선우가 주차되어 있는 자신의 포르쉐를 가리키자 마리는 선뜻 고개를 끄떡였다.

"그럴게요."

두 사람이 포르쉐로 가려는데 파라다이스맨션으로 들어서려던 중년 여자가 선우를 불렀다.

"저기요!"

"저 말입니까?"

허름한 옷차림의 중년 여자는 위쪽을 가리켰다.

"402호 삽니까?"

선우가 듣기에 중년 여자는 함경도 사투리를 사용했다. 보통 사람들은 잘 모르지만 선우는 그런 쪽 일에 조금 관계를 갖고 있기 때문에 즉시 알아들었다.

"그렇습니다."

중년 여자는 자기를 따라오라고 손짓을 했다.

"우리 집에 402호 택배 맡아놨슴다. 가져가기요."

여자는 열쇠로 현관문을 열고 집에 들어갔다가 잠시 후에 묵직한 상자를 들고 나왔다.

"이기 무시기요? 냄새가 아조 구수한 거이 입에서 침이 고이는 거이 아니갔슴까?"

선우는 빙그레 미소 지으며 택배를 받았다.

"멸치젓갈입니다. 좋아하시면 조금 나누어 드리겠습니다."

여자는 두 손을 마구 저었다.

"아유! 무시기 소림매. 일 없슴다. 그 귀한 거이 나누어줄 거이 어디 있갔슴까?"

"아닙니다. 시골에서 어머니가 보내신 건데 지금 나누어 드리겠습니다."

선우가 보기에 여자는 탈북자인 것 같았다. 연변의 조선족들도 함경도 사투리를 쓰지만 중국화된 함경도 사투리라서 이 여자 같은 정통 함경도 그것도 함북 사투리는 아니다.

선우는 여자네 집으로 들어가서 현관 안쪽에 택배를 내려놓고 포장을 풀며 마리를 쳐다보았다.

"마리 씨, 바쁘지 않아요?"

"괜찮아요."

마리는 선우가 처음 보는 이웃에게 엄마가 보내준 멸치젓갈을 덜어준다는 것에 매우 신선한 충격과 호기심을 느끼면서 미소를 지으며 지켜보았다.

선우는 됐다고 손사래를 치는 여자에게 멸치젓갈을 절반이나 덜어주고는 다녀올 곳이 있어서 그러니까 잠시만 더 맡아 달라고 젓갈 통을 떠안겼다.

"냄새가 아주 구수해요."

"마리 씨, 멸치젓갈 좋아합니까?"

포르쉐에 나란히 타고 언덕길을 내려가면서 마리가 미소를 지으며 말했다.

"한 번도 먹어본 적이 없어요."

"멸치젓갈 그냥 먹어도 되고 저기에 청양고추, 마늘, 고춧가루, 참기름 한 방울 떨어뜨려서 먹으면 밥도둑이 따로 없습니다."

"그래요?"

"게다가 멸치젓갈로 김치를 담그면 그게 정말 최곱니다. 말했더니 먹고 싶네."

선우는 입맛을 다셨다.

"호호홋!"

"왜 웃습니까? 정말입니다."

마리는 손으로 입을 가렸다.

"선우 씨가 이렇게 열변을 토하는 것 처음 봐요."

선우는 머쓱했다.

"아… 그렇습니까? 아무래도 내가 좋아하는 멸치젓갈이다 보니까요."

포르쉐가 큰길로 접어들었다.

"선우 씨는 고향이 어디에요?"

"서울이라고 하는데 기억이 없습니다."

"왜 그렇죠?"

"태어나서 백일도 못 돼서 부산에 내려가서 줄곧 살았답니다. 고등학교 졸업하고 군대 갔다가 서울에 올라온 겁니다."

"그럼 대학은……."

선우는 밝게 웃었다.

"대학은 가지 않았습니다."

사실 선우는 어떤 책이나 지식이라도 한 번만 보면 청소기처럼 자기 것으로 흡수하기 때문에 구태여 대학에 갈 필요를 느끼지 못했다.

"마리 씨는요?"

"뭐가요?"

"대학 말입니다. 지금 대학생입니까?"

"아뇨. 올해 졸업했어요."

"네……."

마리는 씁쓸하게 웃었다.

"실용음악과를 나왔는데도 작사 작곡하는 거 말고는 어디 써먹을 곳이 없네요."

선우는 마리를 아르바이트하는 가게에 내려주었다.

꽤 규모가 큰 호프집인데 포르쉐에서 내린 마리는 조수석 문을 열고 선우를 바라보았다.

"저… 선우 씨."

"말하세요."

마리는 얼굴을 살짝 붉히더니 차 문을 닫았다.

탁!

"아니에요."

선우는 마리가 무슨 말을 하려고 했는지 간파했다.

"마리 씨."

선우가 열려 있는 조수석 창문으로 부르자 마리가 빙글 돌아섰다.

"알바 몇 시에 끝납니까?"

마리 얼굴에 흐릿한 기쁨이 스쳐갔다.

"저녁 6시부터 10시까지 4시간 일해요."

"그럼 10시에 데리러 올까요?"

마리의 얼굴에는 '그래줄래요?'라는 글씨가 크게 적혀 있는 것 같았다.

"알았어요."

대답하는 마리의 목소리는 노래하는 꾀꼬리 같았다.

선우는 포르쉐를 몰고 사당동으로 갔다.

그곳 총신대역 근방에서 방배동 쪽으로 조금 들어가면 2차선 도로변에 3층 건물이 있는데 그곳 도로변에 포르쉐를 대고 3층으로 올라갔다.

3층은 학원 같은 분위기인데 교실이 3개 있으며 식당과 욕실, 남녀 기숙사가 따로 있다.

이곳은 '한우리학교'라는 곳이며, 북한에서 탈북한 청소년들이 숙식을 하면서 초, 중, 고등학교 과정을 공부하여 검정고시를 준비하는 곳으로 100% 기부금만으로 운영되고 있다.

아이들끼리만 탈북을 했다거나 엄마나 아버지와 함께 탈북을 했더라도 부모가 일이나 다른 사정 때문에 돌볼 처지가 못 되는 아이들, 그리고 일반 학교에서 탈북자라는 이유로 따돌림을 당하는 아이들이 공동체를 이루어 살면서 공부하는 일종의 대안 학교다.

선우는 종로경찰서 천형욱 형사의 소개로 이곳을 알게 된 이후부터 적게는 2천만 원에서 많게는 5천만 원까지 수입의 50% 정도를 매월 꼬박꼬박 기부금으로 전달하고 있다.

수업이 끝난 교실에서 아이들이 쏟아져 나오다가 복도를 걸어가고 있는 선우를 발견하고는 형님! 오빠! 하고 함성을 지르면서 우르르 몰려들었다.

"형님! 오랜만에 오셨습다!"

"오라바이! 어케 지난번보다 더 멋있어졌시요!"

선우는 환하게 웃으면서 아이들을 일일이 안아주고 머리나 어깨를 쓰다듬고는 교장실로 들어갔다.

선우는 로건에게 받은 1억 원짜리 자기앞수표를 한우리학교 교장 양성필에게 주고는 사당동을 출발했다.

소희에게 전화가 와서 스피커폰으로 돌렸다.

—오빠! 지금 어디예요?

"사당동이야."

—어디 가는 길이에요?

"응, 한남동."

—한남동이 오빠 집이로구나?

"어… 그게……."

소희에게 살짝 말려들었다. 선우는 머리는 무지하게 좋은데 여자 그것도 소희처럼 아름다운 미인한테는 들어먹지를 않는다.

수컷들만의 불치병이다.

―우리 만나서 밥 먹어요.

선우는 마리의 알바가 끝나는 밤 10시까지는 시간 여유가 있기 때문에 순순히 허락했다.

―일단 우리 집으로 와요.

"알았어."

―그런데 지금 무슨 노래 들어요? 팝송이에요?

선우가 틀어놓은 마리의 노래를 소희가 들은 모양이다.

"아니, 내가 아는 사람 자작곡이야. 왜?"

―노래가 아주 듣기 좋아요. 곡조에 애조가 많이 섞였고 목소리가 호소력이 짙은 것 같아요.

"소희 전문가로구나?"

―아하하! 이래봬도 가수랍니다! 어서 오세요! 기다릴게요!

새처럼 노래하는 여자가 또 한 명 있다. 마리가 꾀꼬리라면 소희는 종달새다.

소희하고 통화를 끝내자마자 또 전화가 왔다. 그런데 처음 보는 번호다.

"네."

—선우야.

처음 보는 전화번호인데 이종무의 목소리가 흘러나왔다. 꽉 잠기고 힘없는 목소리지만 선우는 즉시 알아들었다.

그는 스피커폰을 끄고 휴대폰을 집어 들었다.

"형님."

이종무가 자신의 휴대폰이 아닌 다른 번호로 전화를 했으며 또 목소리가 심상치 않아서 선우는 조금 긴장했다.

"무슨 일입니까?"

—선우야… 나 테러당했다.

"괜찮습니까? 지금 어디입니까?"

선우는 크게 놀라 외쳤다.

—병원이다. 호텔 화장실에서 어떤 놈이 피아노선으로 공격했다. 빌어먹을… 별거 아닌데 입원하랜다.

선우가 알고 있는 이종무는 엄살 같은 거 모르는 강골에 정신력이 누구보다 강한 사람이다. 그런 그가 입원했을 정도면 심하게 당했다는 뜻이다.

"누굽니까?"

이종무는 강력계 형사이며 수많은 사건을 해결한 베테랑이기 때문에 그에게 원한을 품고 있는 사람은 한두 명이 아닐 것이다.

—내 생각으로는…….

이종무가 짐작 가는 사람이 있는 모양이다. 그는 섣불리 사람을 의심하지 않기 때문에 그가 누군가를 지목한다면 정확도가 90%라고 할 수 있다.

—현성진이 보낸 놈인 것 같다.

소희를 납치, 감금했던 천지그룹 회장의 막내아들이다.

제9장
도련님

이종무는 현성진이 보낸 동양일보 사회부 기자가 현성진을 체포했던 사람이 누구냐고 캐물었다는 얘기를 해주었다.

선우는 문득 현성진의 희멀건 얼굴이 생각났다.

"음, 현성진이 분명합니다."

—날 테러한 놈이 휴대폰을 뺏어갔다. 거기에 골드핑거라는 이름이 있으니까 너한테 전화할지도 모른다. 아니면 통신사에 캐면 네 주소는 금방 나올 거다.

"그건 염려하지 마십시오. 깨끗하게 세탁한 휴대폰입니다."

—나 찾지 말고 입원해 있는 병원에는 절대로 오지 마라.

현성진이 사람을 시켜서 이종무를 감시할지도 모른다. 아니, 그럴 가능성이 높다.

현성진은 선우가 생각했던 것처럼 변태 기질만 갖고 있는 게 아니었다.

놈은 변태 기질만큼이나 복수심도 깊다. 그놈은 무슨 짓을 해서라도 선우가 누군지 알아내려고 할 것이다. 알아내서는 복수를 할 게 분명하다.

선우는 간곡한 목소리로 말했다.

"형님, 몸조리 잘 하십시오."

—선우야, 조심해라.

"알겠습니다, 형님. 죄송합니다."

—그런 소리 하지 마라. 끊자.

이종무가 테러를 당한 것은 순전히 선우 때문이다. 선우가 이종무에게 현성진 사건을 떠넘기지 않았으면 테러 따위를 당하지 않았을 것이다.

이종무가 얼마나 다쳤는지 궁금하고 또 걱정이 되지만 선우가 그를 찾아가는 것은 안 된다. 현성진은 그걸 바라고 있을 것이다.

선우는 엑셀레이터를 힘껏 밟으며 어금니를 악물었다.

"현성진, 이 새끼……!"

선우는 소희에게 전화를 해서 저녁 약속을 취소했다.

소희가 뭐라고 앙탈을 부렸지만 그냥 끊었다. 지금은 한가하게 소희하고 식사하면서 노닥거릴 기분이 아니다.

그리고 민종태에게 전화했다.

"종태 형, 현성진에 대해서 샅샅이 알아내서 보내줘."

소희를 납치한 범인이 현성진이라는 걸 알고 있는 민종태는 조금 놀랐다.

—무슨 일 있냐?

"그놈이 종무 형님을 테러했어."

—뭐어?

민종태는 이종무하고 선우가 삼총사라면서 친형제처럼 대한다. 그런 이종무가 테러를 당했으니 민종태가 돌아버리는 건 당연하다.

—그 개새끼가… 기다려! 아주 탈탈 털어버릴 거다. 현성진이 쌍놈의 새끼!

통화를 끝내고 집으로 돌아가는 길에 선우는 마음이 영 편하지 않았다.

집에 거의 도착할 때쯤 이번에는 예상하지도 않았던 로건의 전화가 왔다.

—선우 씨, 매우 중요한 일입니다.

이때까지만 해도 선우는 이종무가 테러를 당한 일이 가장 중요하다고 생각했었다.

"말씀하십시오."

—내가 보내는 한 사람을 만나주십시오. 내 보좌관입니다. 그 사람의 설명을 듣고 그 일을 할 것인지 결정하세요. 선우 씨에게 의뢰하는 겁니다. 나는 선우 씨가 그 일을 해주기를 간절하게 바랍니다.

"알겠습니다."

로건과의 통화는 30초를 넘기지 않았다. 서로 예의를 갖춘 인사도 없었으며 다음에 또 전화를 하거나 만나자는 얘기도 없었다.

선우는 로건이 통화를 길게 할 수 없는 상황일 것이라고 직감했다.

주한 미국 대사가 직접 전화를 해서 '매우 중요한 일'이며 그 일을 선우가 처리해 주기를 바란다고 말했다. 그렇다면 그건 사적인 일보다는 공적이거나 국가적인 일일 가능성이 크다.

그런데도 선우에게는 아직 테러를 당한 이종무의 일이 더 크게 여겨졌다. 그것은 그가 아직 젊어서 감정 조절이 잘 되지 않기 때문일 것이다.

로건의 일이 아무리 중요하고 시급하다고 해도 민종태에게서 현성진의 자료가 도착하면 그 즉시 현성진부터 처리할 것이라고 선우는 생각했다.

선우는 아직 민종태에게서 메일이 도착하지 않았기 때문에 일단 로건이 보낸 사람을 만나보기로 했다.

보름 전에 북한을 탈북한 탈북자 무리에 섞여서 한 남자가 대한민국에 입국했다.

그리고 탈북자들이 국정원에서 조사를 받는 과정에서 그 남자의 신원이 밝혀졌다.

그런데 놀랍게도 그 남자의 신분은 북한 노동당 군수 담당 책임비서 겸 국방위원회 위원 장병호였다.

장병호의 탈북과 대한민국 입국으로 국정원뿐만 아니라 대통령을 비롯한 고위층이 발칵 뒤집혔다.

이유는 그가 북한 국방위원이며 노동당 군수 담당 책임비서이기 때문이 아니라 다른 데 있었다.

장병호가 북한 핵 개발을 비롯한 미사일 개발을 총지휘하는 책임자이기 때문이다.

그가 탈북했다는 것은 북한이 핵무장을 완성하는 데 큰 차질을 빚게 될 것을 의미한다.

또한 대한민국을 비롯한 서방 세계에서는 북한의 핵 보유와 현재 상황에 대하여 속속들이 알게 될 수 있는 기회가 생긴 것이다.

장병호는 사석에서 말을 잘못한 것 때문에 자신이 숙청될 것을 우려한 나머지 탈북이라는 극한 선택을 했다.

사실 사석에서 그가 북한은 핵무기를 보유하는 것보다는 그 돈으로 인민들이 잘 먹고살 수 있도록 힘써야 한다고 했던 말은 진심이었다.

그랬기 때문에 그 자리에 있던 동료가 다음 날 그 말을 노동당에 보고했으며 그것 때문에 장병호의 숙청이 심각하게 논의되고 있던 중이었다.

주한 미국 대사관은 국정원에서 장병호와 부인을 보호하고 있다는 사실을 알게 되었다.

국정원 내에서만 쉬쉬하면 모를 수도 있었겠지만 국정원이 그 사실을 대통령에게 보고하고, 또 대통령 비서실장이나 측근들이 알게 되는 과정에서 주한 미국 대사관으로도 흘러나갔던 것이다.

그런데 문제가 발생했다. 대통령이, 아니, 측근들이 장병호를 북한으로 돌려보내야 한다고 강력하게 건의를 했고 대통령이 그것을 승인한 것이다.

이유는 간단하면서도 어이가 없다.

오랜 냉전 끝에 마침내 어렵게 북한과 화해 무드를 만들어서 이어지고 있는 상황인데 장병호 때문에 그런 관계를 한순간에 냉각시켜서는 안 된다는 것이다.

그래서 국정원 직원들이 장병호와 부인을 북한으로 되돌려

보내기 위해서 조금 전에 인천공항에서 비행기에 탑승했다는 것이다.

축록지자불견산(逐鹿之者不見山), 사슴을 쫓는 사람은 산을 보지 못한다는 옛말이 있다.

대한민국 정부는 북한과의 화해 무드를 이어나가는 것에 급급한 나머지 북한을 비핵화해야지만 한반도에 평화가 찾아온다는 당연하고도 중대한 명제를 포기해 버린 것이다.

"대사님께선 미스터 골드핑거가 장병호 씨를 구해서 중국의 미국 대사관에 넘겨주기를 희망하고 계십니다."

데니스킴은 긴 설명을 끝내고 맞은편에 앉은 선우를 그윽하게 바라보았다.

데니스킴은 한국계 미국인이며 미국 프린스턴대학을 나온 수재로 미국 대사관 정식 직원이고 로건을 보좌하고 있다.

선우는 로건이 말한 '중요한 일'이 예상했던 것보다 훨씬 더 중요하다고 생각했다.

이건 사사로운 일이 아니라 대한민국의 안녕과 평화, 동북아시아의 평화, 한반도의 비핵화, 미국의 지대한 관심이 집중된 사건이다.

그렇다고 해서 이 일에 미국이 직접 개입하기는 어려울 것이다.

미국 중앙정보국, 즉 CIA 한국 서울 지부나 중국 베이징 지부의 에이전트들이 이 사건에 개입하면 장병호가 외부에 노출될 가능성이 크다.

현재 장병호의 존재는 한국과 미국의 극소수만 알고 있는데 서울과 베이징의 CIA 요원들이 움직이면 그들을 감시하고 있는 다른 이목에 걸리게 된다.

그리고 외모가 크게 다른 서양인들이 중국에서 행동하면 사람들 눈에 띄기 쉽고 행동에 제약을 받는다.

"중국어 가능합니까?"

데니스킴의 물음에 선우는 고개를 끄떡이고는 궁금한 것을 물었다.

"장병호 씨 가족은 누굽니까?"

"장병호 본인과 부인 두 명입니다."

"태국을 거쳐서 대한민국에 입국한 겁니까?"

"그렇습니다."

선우는 고개를 갸웃거렸다.

"아무리 빨라도 3~4달은 걸렸겠군요."

장병호 부부는 다른 탈북자들이 하는 대로 똑같은 루트를 통해서 대한민국에 입국했다. 그러는 동안 사람들은 그가 누군지 아무도 몰랐다고 했다.

"탈북 루트에 대해서 잘 압니까?"

"조금 압니다."

데니스킴은 고개를 끄떡였다.

"성공 보수는 5억 원이며 편의는 제한적으로 제공될 겁니다."

"예를 들면?"

"항공권과 철도 이용권 예매, 숙박 예약, 중국 현지 안내원을 제공합……."

"됐습니다."

"네?"

선우가 일어서자 데니스킴도 따라 일어서며 불안한 표정으로 물었다.

"거절하시는 겁니까?"

"베이징 주재 미국 대사관의 누구와 연락하면 됩니까?"

"이 사람입니다."

데니스킴이 명함을 내밀고 선우가 그것을 받아 한 번 살펴보고는 주머니에 넣었다.

두 사람은 카페를 나섰다.

데니스킴은 선우가 이 일을 맡겠다는 것으로 알아듣고 기쁜 표정을 지었다.

"장병호 씨 사진 있습니까?"

"있습니다만 그 밖의 자료는 알려진 것 말고는……."

"장병호 씨가 탄 비행기가 베이징에 도착했습니까?"

데니스킴은 시계를 보면서 말했다.

"저녁 7시 45분 도착입니다."

앞으로 25분 후다.

선우는 이종무가 테러를 당한 것이나 중요한 탈북자를 북한으로 되돌려 보내려는 대한민국 정부의 그릇된 처사 때문에 마음이 착잡했다.

선우가 생각하기에도 장병호는 북한으로 되돌려 보내는 것은 옳지 않은 일이다.

데니스킴은 착잡한 표정을 지었다.

"베이징행 가장 빠른 비행기가 내일 아침 10시입니다."

선우는 어이없는 표정을 지었다.

"지금 뭐 하자는 겁니까?"

한국말을 곧잘 하는 데니스킴은 걸음을 멈추고 몹시 죄스러운 표정을 지었다.

"죄송합니다. 미스터 로건이 골드핑거를 생각해 낸 것이 너무 늦어서 마지막 비행기를 놓쳤습니다."

인천발 베이징행 마지막 비행기는 5시 20분에 있는데 로건이 이 사건을 선우에게 맡겨야겠다고 생각한 것이 6시가 넘어서였다.

5시 20분 항공편에 장병호와 부인이 탔으며 25분 후에는 베이징에 도착할 것이다.

선우는 장병호에 대한 얘기를 듣기 전까지는 현성진을 처리하는 것이 급선무라고 생각했는데 지금은 아니다.

현성진에게 해야 하는 것은 복수와 경고지만 장병호 가족은 구출이다.

복수와 경고는 조금 늦어져도 되지만 구출은 때를 놓치면 끝장이다.

선우는 거리에 서서 휴대폰을 꺼내 검색을 시작했다가 몇 번 클릭을 하고는 휴대폰을 집어넣었다.

두 사람은 거리에 서서 대화했다.

"베이징 서우두공항에서 북한 평양으로 직행하는 고려항공편은 이틀 후에 있습니다."

데니스킴은 선우의 말뜻을 즉시 알아차렸다.

국정원은 서울과 평양 직통 전화, 즉 핫라인으로 장병호 인수인계를 평양 측과 말을 맞춰놓았을 것이다.

그러니까 베이징 서우두공항에는 북한 측 사람들이 미리 대기하고 있다가 장병호를 넘겨받아 북한 항공사인 고려항공을 타고 평양으로 갈 것이다.

그런데 방금 선우가 검색해 보니까 베이징에서 평양으로 직항하는 고려항공은 이틀 후 오후에 있다.

베이징발 평양행 고려항공 노선은 매일 운항되는 것이 아니다. 승객이 없기 때문에 사흘에 한 편씩 운항한다.

베이징에서 압록강을 건너 신의주를 거쳐서 평양으로 가는 열차가 있지만, 이틀 이상 걸리는 데다 보안과 안전에 취약하기 때문에 북한 측 사람들이 열차를 이용할 가능성은 희박하다.

그렇다면 두 가지 방법이 남는다.

북한에서 고려항공 특별기를 띄우거나 차량을 이용해서 육로로 가는 것이다. 둘 다 하루면 북한 영토에 들어갈 수가 있다.

선우는 어깨를 으쓱했다.

"이런 상황에 날더러 뭘 어쩌라는 겁니까?"

로건도 이런 것쯤은 다 알아봤을 것이다.

데니스킴이 애매한 표정을 지었다.

"미스터 로건은 골드핑거라면 이 일을 해낼 수도 있을 것이라고 말씀하셨습니다."

"로건 씨는 나를 과대평가했군요."

데니스킴은 머쓱한 표정을 지었다.

"그런 것도 있지만 지푸라기라도 잡는 심정으로……."

CIA는 중국 내에서 활동하다가 걸리면 장병호가 문제가 아니라 더 큰 국제 문제로 비화될 수도 있다.

그러니까 중국 내에서의 CIA의 활동은 정보 수집이나 첩보에 그친다. 활동적인 것은 극히 제한적이다.

선우는 데니스킴과 헤어질 준비를 했다.

"내가 이 일을 하려는 것은 핵문제 때문이 아닙니다."

"그럼 무엇 때문입니까?"

선우는 하나둘씩 켜지고 있는 거리의 네온사인을 보면서 조용히 중얼거렸다.

"나한테 장병호 씨 가족은 버림받은 두 명의 탈북자일 뿐입니다. 그래서 그들이 자유를 찾으려고 한다면 그걸 주고 싶은 겁니다."

"네……."

데니스킴은 골드핑거라는 사내가 갑자기 무척 크게 보였다.

선우는 포르쉐를 몰고 김포공항으로 향하면서 휴대폰의 버튼을 눌렀다.

띠… 띠… 띠이… 띠…….

이 번호는 그의 휴대폰에 저장된 것이 아니다. 또한 이 번호로 자주 통화를 하지 않는다.

저쪽에서 누가 받자 선우는 거두절미하고 말했다.

"지금 베이징에 갈 겁니다. 준비하세요."

또한 그는 그 말만 하고 통화를 끝냈다.

그는 문득 이따 10시에 마리를 데리러 가겠다고 약속한 것이 생각났다.

마리를 만나서 뭘 어떻게 하겠다는 계획이나 생각, 기대 같은 것은 애당초 하지 않았다.

다만 집에서 꽤 멀리 떨어진 알바하는 곳에서 그녀를 집까지 편히 태워주고 싶었을 뿐이다.

마리에게 데리러 가지 못하게 됐다고 전화하고 싶지만 그녀의 휴대폰 번호를 몰랐다.

선우의 포르쉐는 공항 검문소에 잠시 멈췄다.

선우는 신분증을 제시하지도 않고 아무 말도 하지 않았다. 다만 운전석 창문을 내렸을 뿐이다.

그는 전에도 이런 경험이 두 번 있었다. 오늘이 세 번째다.

공항 경찰이 선우의 얼굴을 확인했고 검문소 안의 또 다른 경찰이 컴퓨터 화면을 보고 있다가 차단 봉을 올리고 의자에서 벌떡 일어섰다.

포르쉐가 안으로 진입하자 두 명의 공항 경찰은 포르쉐를 향해 경례를 붙였다.

활주로 시작 지점에 한 대의 제트 여객기가 멈춰선 상태에서 엔진음을 내고 있으며 제트 여객기의 열린 문 앞에 트랩이 설치되었다.

트랩 아래에는 한 명의 남자와 한 명의 여자가 서 있는데 남자는 말쑥한 정장 차림의 70대 노인이고 여자는 30대의 늘씬한 엘리트 스타일이다.

저쪽에서 차 한 대가 헤드라이트를 비추면서 달려오다가 트랩 앞에 멈추었다.

포르쉐다.

어둠 속에서 나타난 또 다른 정장 남자가 정중한 동작으로 포르쉐 운전석 문을 열어주자 선우가 내렸다.

선우가 트랩으로 걸어가자 노인과 여자가 거의 90도로 허리를 굽히며 인사를 했다.

"어서 오십시오, 도련님."

포르쉐 운전석 문을 열어주었던 정장 남자가 포르쉐를 몰고 주차장으로 향했다.

선우는 노인에게 다가가 손을 내밀었다.

"오랜만입니다."

선우 가문의 집사인 노인은 두 손으로 공손히 선우의 손을 잡고 황송한 자세와 표정을 지었다.

"건강하신 모습을 뵈니 다행입니다."

선우는 제트 여객기의 열린 문을 올려다보았다.

"타면 됩니까?"

"모든 준비를 마쳤습니다. 도련님께서 탑승하시면 출발할 겁니다."

"탑시다."

희디흰 백발을 올백으로 넘긴 근사한 노인은 고개를 저었다.

"저는 도련님을 모시지 못합니다."

"할아범, 그게 무슨 말입니까?"

"저는 나이가 많아서 여행을 자제하라는 주치의의 권고를 들었습니다."

노인은 제트 여객기를 쳐다보았다.

"저게 저한테는 저승으로 가는 관으로 보입니다."

그는 맞은편의 여자를 가리켰다.

"저 대신 저 사람이 도련님을 수행할 것입니다."

선우가 쳐다보자 여자는 다시 공손히 허리를 굽혔다.

"안녕하십니까, 민혜주입니다."

노인이 덧붙였다.

"도련님의 비서입니다."

선우는 노인을 잠시 바라보다가 어깨를 다독거렸다.

"몸조리 잘하세요."

"고맙습니다, 도련님."

선우가 트랩을 오르자 여자 민혜주는 노인에게 고개를 숙이고는 선우 뒤를 따랐다.

노인은 선우가 제트 여객기에 타고 문이 닫힌 후에 공손히 허리를 굽혔다.

이어서 근처에 대기하고 있는 승용차 쪽으로 물러났다가 다시 제트 여객기를 바라보았다.

제트 여객기의 기종은 보잉757이다. 자가용 제트기라고 하면 흔히 몸통 양쪽에 엔진이 달린 소형 제트기를 가리키지만 이건 240석 규모의 중형 제트 여객기다.

그걸 싹 개조해서 선우의 전용기로 사용하고 있었다.

콰아아아!

잠시 후 보잉757이 굉음을 내면서 활주로를 내달리다가 밤하늘로 둥실 떠올랐다.

노인은 보잉757이 시야에서 완전히 사라지자 시선을 거두고 비서가 열어주는 롤스로이스 팬텀에 탔다.

팬텀은 조금 전에 선우의 포르쉐가 들어왔던 곳으로 미끄러지듯이 굴러 나갔고 그곳을 지키던 두 명의 공항 경찰이 경례를 붙였다.

팬텀은 선팅이 짙어서 안이 전혀 보이지 않았다.

멀어지는 팬텀을 보면서 공항 경찰들이 말을 주고받았다.

"성신그룹 오진훈 회장 출장 가는 건가 봐."

"80살이 가까운 나이인데도 정정하군그래."

성신그룹은 국내 재계 순위 불변의 1위를 지키고 있었다.

선우는 여객기의 일등석처럼 으리으리하게 꾸며놓은 곳에 앉고 민혜주는 옆에 앉아 있다.

제트 여객기가 이륙해서 안정 고도에 이르자 제복의 여승무원이 다가와서 공손히 말했다.

"도련님, 안전벨트를 해제하셔도 됩니다."

제트 여객기의 기장이나 여승무원은 선우의 정확한 신분을 모른다. 그저 자신들의 목숨 줄을 쥐고 있는 굉장한 '도련님'으로만 알고 있다.

선우를 알고 있는 극소수의 사람들은 그를 '도련님'이라고 부른다.

성신그룹 총수 오진훈 회장을 집사로 부리는 도련님이다.

성신그룹은 선우네 가문이 보유하고 있는 몇 개의 굵직한 가업(家業)들 중에 하나다.

지난 천여 년 동안 차곡차곡 부를 축적해 온 선우네 가문, 즉 신족의 가문 신강가(神姜家)는 현재 전 세계 경제계를 좌지우지하고 있다고 해도 과언이 아니다.

신강가가 부를 축적하고 세력을 넓히는 목적은 하나다.

부국안민(富國安民)이다.

선우가 안전벨트를 풀자 여승무원이 음료와 다과를 갖고 와서 선우 앞의 테이블에 놓았다.

민혜주도 안전벨트를 풀고 일어나서 선우에게 공손히 고개를 숙였다.

"일정을 말씀해 주세요."

"앉아요."

선우는 민혜주를 옆자리에 앉힌 다음에 장병호에 대해서 설명해 주었다.

"알겠습니다."

민혜주는 의자에 부착되어 있는 모니터 화면을 몇 차례 터치하면서 검색을 했다.

"도련님 말씀대로 베이징공항에서 평양 순안공항으로 출발하는 고려항공은 이틀 후 오후 4시에 있습니다."

민혜주가 다시 화면을 터치하자 발신음이 울렸다.

뚜르르…….

—웨이(여보세요).

저쪽에서 누군가 받자 민혜주는 유창한 중국어로 말했다.

"대한항공 편으로 7시 45분에 베이징공항에 도착한 대한민국 국정원 직원과 장병호라는 부부의 행적을 알아내서 즉시 알려주세요."

—알겠습니다.

선우는 자신이 베이징에 도착해서 해야 할 일에 대해서 생각하고 있다가 민혜주의 일사불란한 일처리에 조금 놀란 표정을 지으며 그녀를 쳐다보았다.

"베이징에 아는 사람이 있습니까?"

"네."

"어떤 방면입니까?"

"전방위입니다."

선우는 자신이 생각하는 '전방위'와 민혜주의 '전방위'가 같은 의미인지 궁금했다.

민혜주가 짧은 부연 설명을 해주었다.

"경제, 군사, 정치 등 모든 방면입니다."

"그렇군요."

선우는 고개를 끄떡였다.

조상 대대로 신강가의 집사 노릇을 해온 오진훈이 선우의 비서라고 데려왔으니 오죽 잘났겠는가.

모니터에서 벨 소리가 났다. 조금 전에 민혜주가 통화했던 사람이다.

민혜주는 선우도 들으라고 일부러 스피커폰으로 했다.

―국정원 사람들은 공항 근처 호텔로 가고 장병호와 부인은 북한에서 온 보위부원들과 함께 35분 전에 연길행 국내 여객기에 탑승했습니다.

선우는 북한 측에서 장병호 부부를 데리러 온 자들이 어떻게 할지에 대해서 여러모로 궁리를 해봤었고 그중에는 중국 국내선을 이용해서 선양이나 연길로 갈 수도 있다는 것이 있었다.

북한에서는 장병호 부부를 데리러 보위부 사람들이 베이징까지 직접 왔다.

물론 신분을 감추고 사복을 했을 테지만 중국 정부의 지원을 받았을 것이다.

선우가 장병호 부부가 탄 여객기가 잠시 후에 도착할 연길의 지도를 띄우라고 말하려는데 민혜주가 전면의 대형 TV를 가리켰다.

"연길입니다."

선우가 화면의 지도를 쳐다보자 민혜주는 커서를 움직여서 연길시를 조금 더 확대하면서 설명했다.

"여기가 연길시이며 북한 온성군 남양읍하고는 35㎞ 거리밖에 안 됩니다."

"젠장……."

선우 입에서 그런 소리가 저절로 흘러 나갔다.

선우가 타고 있는 제트 여객기의 항로를 지금 연길로 바꾼다고 해도 절대로 보위부와 장병호 부부가 탄 여객기를 따라잡지는 못한다.

선우가 연길에 도착할 때쯤 장병호는 이미 북한 영토로 들어가 버린 후일 것이다.

"어떻게 하시겠습니까?"

"어떻게 하긴……."

선우는 이제 닭 쫓던 개 지붕 쳐다보는 격이 됐다는 걸 뻔히 아는 민혜주가 약 올리는 것 같았다.

"잡으시겠습니까?"

선우는 미간을 좁히고 민혜주를 쳐다보았다.

"지금 그게 가능합니까?"

선우는 쏘아붙이려는 걸 참았는데 민혜주는 차분하게 전혀 기대하지 않았던 대답을 했다.

"가능합니다."

"민혜주 씨."

선우는 정색을 했다.

"농담할 기분 아닙니다."

감히 민혜주가 초면에 하늘 같은 도련님하고 농담 따먹기를 하려 들지는 않겠지만 지금으로선 그녀의 말이 농담으로밖에는 들리지 않았다.

"농담 아닙니다. 도련님께서 명령만 하시면 잡으라고 지금 연락하겠습니다."

"……."

선우는 웬만해서는 놀라거나 할 말을 잃는 성격이 아니지만 지금은 민혜주를 멀건이 쳐다보면서 도대체 뭐라고 말해야 할지 몰랐다.

그는 눈을 껌뻑이다가 물었다.

"어디까지 가능합니까?"

"도련님께서 상상하시는 것 전부 가능합니다."

"하아… 이거."

민혜주가 농담을 하거나 허튼소리를 할 리가 없다는 걸 알면서도 선우는 쉽사리 믿기가 어려웠다.

"그럼 장병호 부부를 구출하세요. 최대한 빨리, 그리고 안전하게."

그렇게 말하면서도 그는 장병호 부부를 구하는 일은 10%의 확률도 안 될 것이라고 생각했다.

"알겠습니다."

민혜주는 지금까지와는 달리 이번에는 휴대폰을 꺼내면서 선우에게서 멀리 떨어진 다른 곳에 앉아 어디론가 전화를 했다.

하지만 그녀가 아무리 멀리 가서 꼭꼭 숨는다고 해도 그녀의 목소리는 물론 휴대폰 너머 상대방 목소리까지 선우의 귀에 선명하게 다 들렸다.

"아빠, 잘 계셨어?"

—오… 우리 공주구나.

뜻밖에도 민혜주는 아버지에게 전화를 걸었다. 이런 상황에 아버지와 통화를 하다니 알다가도 모를 일이다.

'뭘 하려고…….'

선우는 음료수를 마시면서 부녀의 통화에 귀를 기울였다.

민혜주는 아버지하고 오랜만에 통화를 하는지 곰살맞게 애교를 떨고 아버지는 온화하게 받아주었다.
"아빠, 장병호라는 사람 알아?"
—알지.
"그 사람 보위부에 붙잡혀서 여객기 타고 잠시 후에 연길 공항에 도착할 거야. 그러니까 아빠가 장병호 부부를 구해줘. 알았지?"
선우는 민혜주 아버지라는 사람에 대해서 궁금증이 부쩍 생겼다.
그가 대체 누구기에 북한 보위부와 중국 공안들에게 둘러싸인 장병호를 구할 수 있다는 말인가.
그에게 그럴 만한 능력이 있으니까 민혜주가 아무렇지도 않게 부탁하는 게 아니겠는가.
—그럴 필요 없다.
"무슨 소리야?"
—한국 국정원 직원들이 장병호 부부를 데리고 베이징으로 온다는 거 알고 있었다. 그래서 내가 사람을 보내서 연길로 데리고 오는 거야.
선우는 소스라치게 놀라서 벌떡 일어섰다가 앉았다.
'뭐야, 저 사람?'
그는 지금껏 23년을 살아오는 동안 지금처럼 놀라보기는 처음이다.

—장병호 가족 애초에 내가 북한에서 데리고 나왔다.

"정말이야?"

—그래. 원래 장병호 씨 부부를 탈북시킨 게 나였다. 내가 직접 장병호 부부를 탈북자 무리에 섞어서 중국 운남성에서 베트남, 라오스, 태국 방콕까지 데려다주고 왔었다.

"그랬구나?"

—장병호 가족이 북한에 남아 있으면 위험하니까 내가 손을 써서 아들하고 딸, 사위, 며느리, 손자 손녀들까지 모두 연길에 데려다 놨다.

"아빠, 최고야."

머리가 좋은 선우지만 지금 자신이 듣고 있는 내용에 대해서는 제대로 정리가 되지 않았다.

그러니까 지금 민혜주와 통화하고 있는 아빠라는 인물이 장병호의 일에 처음부터 끝까지 개입했다는 얘기다.

더구나 대한민국 정부가 장병호를 북한으로 돌려보내려 한다는 사실까지 알고는 미리 손을 써서 자기 사람을 보위부원으로 변장시켜 장병호를 빼돌리기까지 했다.

한마디로 엄청난 스케일이고 선우로서는 도무지 상상이 되지 않는 무지막지한 인물이다.

그게 사실이라면 선우는 손가락 하나 까딱하지 않고도 장병호를 구하게 되는 것이다.

'민혜주, 아니, 저 아버지 정말 대박이다…….'

선우는 속으로 그렇게밖에 할 말이 없었다.

부녀의 대화가 계속 들렸다.

—혜주야.

"응?"

—취직했다는 곳은 괜찮니?

"좋아."

—그런데 장병호 구해달라는 건 뭐니?

"응, 내가 모시는 도련님께서 부탁하시는 거야."

—도련님?

"그래."

—내가 그분하고 통화할 수 있겠니?

"지금 비행기 안인데 여기에 계셔."

잠시 후에 민혜주가 선우에게 와서 조심스럽게 말했다.

"제가 통화한 분께서 도련님과 통화하고 싶다고 하십니다."

선우가 손을 내밀자 민혜주는 공손히 두 손으로 휴대폰을 건넸다.

"안녕하십니까. 강선우라고 합니다."

상대가 상대이니만큼 선우는 본명을 댔다.

저쪽에서 굵직한 저음이 들렸다.

—최정필입니다.

"아……."

선우는 깜짝 놀랐다.

그는 최정필이라는 이름을 오래전부터 알고 있었다. 그리고 그가 알고 있는 최정필은 중국 길림성 연길시에서 활동을 하고 있다. 그렇다면 지금 통화하고 있는 사람이 그 사람일 확률이 높다.

선우는 심장이 두근두근 마구 뛰었다. 이런 흥분은 생전 처음 느껴본다.

"혹시… 검은 천사이십니까?"

옆에 서서 듣고 있던 민혜주가 화들짝 놀랐다.

"아……."

저쪽에서 가만히 있더니 잠시 후에 대답했다.

—그렇습니다.

"아아… 영광입니다……!"

선우는 너무도 감격해서 자신도 모르게 탄성을 터뜨렸다.

그는 종로경찰서 강력계 천형욱 형사에게 사당동 한우리학교를 소개받고 그때부터 그곳의 후원자가 됐었다.

한우리학교 교장 양성필과 그곳의 아이들하고 몇 번 식사를 하면서 그들의 탈북에 대해서 얘기를 들을 때마다 어김없이 나오는 이름이 '검은 천사'와 '최정필'이었다. 물론 '검은 천사'와 '최정필'은 동일 인물이다.

한우리학교에 있는 아이들 중에서 80% 정도가 탈북 과정에 검은 천사에게 큰 도움을 받거나 구함을 받아서 목숨을 건졌다고 했었다.

현재 대한민국에 들어온 탈북자의 수가 5만 명이 넘는데 1997년부터 올해 2017년까지 20년 동안 그중에서 2만여 명을 검은 천사가 탈북시켰다고 하니까 도대체 그가 얼마나 대단한 인물, 아니, 영웅인지 잘 알 수 있을 것이다.

그렇지만 북한에 우호적인 현 정부로서는 검은 천사가 눈엣가시 같은 존재일 것이다.

이틀 후.

베이징 주재 미국 대사의 전화를 받은 로건은 의자에 앉아 있다가 놀라서 벌떡 일어섰다.

"정말입니까?"

그의 얼굴에 기쁜 표정이 파도처럼 물결쳤다.

"원더풀! 엑설런트!"

그는 전화를 끊으면서 기분 좋은 웃음을 터뜨렸다.

"핫핫핫핫! 그럴 줄 알았어!"

그의 웃음소리에 놀라서 보좌관 데니스킴과 참모 카펜터가 달려 들어왔다.

"대사님! 무슨 일입니까?"

"하하하하! 골드핑거가 해냈어! 조금 전에 장병호 일가족이 베이징 주재 우리 대사관에 들어왔다는 거야!"

"와아! 정말 다행입니다……!"

"굉장하군요, 골드핑거!"

세 사람은 악수를 하고 서로 손을 잡으면서 웃고 떠들며 기쁨을 만끽했다.

데니스킴이 웃으면서 로건에게 물었다.

"대사님, 좀 전에 그럴 줄 알았다고 말씀하셨는데, 대사님께선 골드핑거가 성공할 거라고 예상하셨습니까?"

로건은 고개를 절레절레 흔들었다.

"아냐. 10%도 예상하지 못했어."

"그렇죠. 최악의 상황이었으니까요."

"하하하! 골드핑거는 정말 대단한 사내로군. 불가능을 가능으로 만드는 기적을 일으켰어!"

그때 여비서가 들어와서 당황한 표정으로 말했다.

"대사님, 핫라인입니다."

순간 찬물을 끼얹은 것처럼 조용해졌다.

'핫라인'이라는 것은 미국 대통령이 로건에게 직접 전화를 했다는 뜻이다.

장병호 일 말고 대통령이 로건에게 직접 전화할 일이 없다.

로건은 책상으로 달려가면서 데니스킴과 카펜터에게 나가

라고 손짓을 했다.

모두 나가고 문이 닫히자 로건은 수화기를 들고 정중한 자세를 취했다.

"미스터 프레지던트."

*　　　*　　　*

5월 16일 저녁에 선우는 김포공항에 도착했다.

선우는 자가용 제트 여객기 보잉757을 타고 중국 연길로 직접 날아가서 그가 가장 존경하는 몇 되지 않는 사람 중에 한 명인 검은 천사 최정필을 직접 만났다.

최정필은 46세의 중년으로 선우는 지금껏 살아오면서 그 사람처럼 잘생기고 당당한 체구에 거의 완벽한 사고방식과 정신세계를 갖고 있는 사람을 본 적이 없었다.

선우가 제트 여객기 안에서 최정필과 통화한 내용은 전부 사실이었다.

선우가 연길에 도착하니까 공항에 최정필의 측근이 나와 있었으며, 그의 차를 타고 최정필의 집으로 향했다.

선우와 검은 천사 최정필의 만남은 운명적이고 필연적인 것처럼 보였다.

그다음부터는 일사불란했다. 선우는 최정필과 함께 장병호

가족을 데리고 직접 가서 베이징 주재 미국 대사관에 인계를 하고는 보잉757을 타고 김포공항으로 돌아왔다.

"내 차는 어디 있습니까?"

김포공항에 도착한 선우는 두리번거리면서 포르쉐를 찾아 보았지만 어디에도 보이지 않았다.

"댁에 갖다놨습니다."

트랩 아래에 서 있는 민혜주는 꼿꼿한 자세로 말했다.

"댁이라니, 어디?"

"한남동 파라다이스맨션 주차장입니다."

"어……."

선우는 정색했다.

"나에 대해서 어디까지 알고 있습니까?"

민혜주는 표정도 변하지 않고 대답했다.

"전부."

"할아범이 시켰습니까?"

민혜주가 반문했다.

"그분이 저에게 명령할 수 있습니까?"

그녀가 그걸 분명히 하려는 의도로 묻는다는 것을 선우는 간파했다.

할아범은 집사지만 민혜주는 도련님의 개인 비서다. 어느 신분이 더 높다고 말하기는 곤란하다.

민혜주를 선발한 사람은 할아범이지만 할아범조차도 민혜주에게 명령할 수는 없다.

선우는 민혜주가 대답을 기다리고 있는 것 같아서 고개를 가로저었다.

"아닙니다."

"도련님에 대한 정보는 집사님에게 모두 넘겨받았습니다."

그렇다면 할아범은 예전부터 선우의 일거수일투족을 다 알고 있었지만 내색을 하지 않았었다는 뜻이다. 과연 배려심 깊은 할아범답다.

"보름 후에 스포그(SFOG)의 정기 총회가 있습니다."

"어디입니까?"

"도련님께서 장소를 정하셔야 합니다."

스포그(SFOG)는 선우네 가문인 신강가의 영문 'Strong Family Of God', '신의 가문'의 이니셜이며 다국적 기업 집단이다.

"연락하겠습니다."

"스포크의 전 세계 계열사 수뇌들이 도련님을 처음 만나기 때문에 반드시 참석하셔야 합니다."

선우는 미간을 살짝 좁혔다.

"혜주 씨 원래 말이 많습니까?"

"그래서 비서라는 직업을 싫어합니다."

민혜주는 선우가 생각했던 것보다 훨씬 더 솔직한 성격이다.

"그럼 왜 내 비서가 됐습니까?"

"스포그의 보스가 누군지 궁금했습니다."

간단한 대답이다.

그런데 꿈이나 희망 같은 것이 아니라 단순하게 '스포그의 보스'가 누군지 궁금해서 선우의 비서가 됐다니, 그 대답이 그녀의 성격을 이해하는 데 도움이 될 것 같았다.

그녀가 손짓을 하니까 저쪽에 대기하고 있던 승용차가 스르르 굴러왔다.

최고급 승용차의 정점을 찍는 벤틀리 뮬산 스피드. 5.6m 길이의 차가 소리도 없이 선우 앞에 멈추었다.

"타세요."

척!

제복을 입은 기사가 내려서 뒷문을 열어주자 민혜주가 선우에게 타기를 권했다.

6,752cc 트윈 터보. 파워로는 부가티베이론을 제외하고는 가장 막강하다는 벤틀리 뮬산을 타는 사람은 국내에 몇 명 없는 것으로 알려졌다.

차가 출발하자 선우는 행선지를 압구정동이라고 알려주었다.

마리가 알바를 하는 호프집에 가려는 것이다.

선우는 민혜주에게 많이 양보하고 있다.

이유는 순전히 그녀의 아버지가 검은 천사라는 것 때문이다.

검은 천사의 딸이 어떻게 해서 신강가 스포그와 인연을 맺게 됐는지 모를 일이다.

그건 나중에 할아범에게 물어봐야겠다.

"민혜주 씨."

"말씀하세요."

선우가 부르자 옆자리에 앉은 민혜주가 조용히 대답했다.

"정필 형님에 대해서 더 알고 싶습니다."

선우는 이번에 연길에 갔다가 최정필과 동행하여 다니면서 그와 호형호제하게 되었다.

최정필은 선우 나이보다 딱 두 배 23살이나 많아서 아버지뻘이지만 진정한 사나이들끼리는 마음만 맞으면 나이 같은 건 별 소용이 없다고 생각하는 건 선우와 최정필 둘 다 마찬가지였다.

민혜주는 잠시 가만히 있다가 말했다.

"지금까지 저희 아빠하고 의형제를 맺은 사람은 한 명도 없었어요."

선우는 적잖이 놀랐다.

"그렇습니까?"

"아빠는 눈이 매주 높아서 아무하고나 친구가 되지도 않아요. 아니, 상대방이 친구가 될 자격이 없다는 사실을 알고 감히 그럴 생각조차 하지 못하는 거예요."

선우는 고개를 끄떡였다.

"그럴 겁니다."

지금껏 선우는 몇 사람을 존경했는데 검은 천사 최정필을 만난 이후로는 오로지 그 한 사람을 최고로 존경하게 되었다.

그는 도대체 능력의 끝이 없고 생각의 깊이를 알 수 없는 사람이었다.

그러나 두 가지는 분명했다.

진실하다는 것, 그리고 정의롭다는 것이다.

"족보 정리를 해야겠어요."

선우는 민혜주가 무슨 말을 하려는지 짐작했다.

"도련님께서 저희 아빠하고 의형제가 되셨으니까 제게는 삼촌, 즉 숙부예요. 제가 조카라는 뜻이죠."

그녀는 원래 사무적인 말투인데 더욱 딱 잘라서 말했다.

"저를 조카로 여기거나 아니면 비서 둘 중 하나를 선택하세요. 그래야 어중간하지 않고 저도 편해요."

선우는 자신이 편하려면 깐깐한 민혜주를 제압할 필요가 있다고 생각했다.

"조카로 갑시다."

"그러겠습니다."

선우는 민혜주의 뾰족한 예봉을 꺾었다는 생각에 저절로 미소가 머금어져서 느긋하게 그녀를 불렀다.

"혜주야."

겉보기는 20대 중반으로 보이지만 실제 나이가 34세인 민혜주의 이름을 부르는 게 선우는 조금 께름칙하면서도 기분이 나쁘지 않았다.

민혜주가 그를 바라보며 방긋 미소 지었다.

"왜 삼촌?"

아버지에게 반말을 하는 그녀가 삼촌한테 못 하겠는가.

또한 그녀는 여태까지 사무적인 말투에서 조카가 삼촌에게 말하는 사근사근한 말투로 변했다.

한 방 맞은 선우는 문득 궁금한 것을 물어보았다.

"그런데 너 정필 형님하고는 무슨 관계니?"

최정필은 46살인데 민혜주는 34살이고 부녀지간이다. 그렇다면 최정필이 12살에 민혜주를 낳았다는 건데 고금을 막론하고 그런 경우는 없다.

민혜주는 아련한 표정을 지었다.

"내가 그를 처음 만났을 때 내 나이가 14살이었어. 그는 26살이었고."

그녀는 씁쓸한 표정을 지었다.

"그를 목숨보다 더 사랑했었어. 탈북했다가 길림성 조폭 집

단인 흑사파에 납치돼서 죽어가는 나와 엄마를 그가 구해주었거든."

민혜주도 탈북자였다. 처음 아는 사실이다.

"그렇지만 그는 다른 여자를 사랑했고 나중에 그 여자와 결혼했어. 절망에 빠진 나는 무슨 수를 써서라도 그의 곁에 머물면서 그의 사랑을 계속 받고 싶었어. 그래서 딸이 되기로 한 거야."

선우는 민혜주의 그때 상황을 이해할 것 같으면서도 이해가 되지 않았다.

정말 사랑이란…….

제10장
마현가(魔玄家)

민종태에게서 전화가 왔다.

—선우야, 현성진이 사라졌다.

민혜주 혜주는 선우가 통화하는 것은 신경 쓰지 않고 랩톱을 두드리고 있다.

"무슨 소리야?"

—현성진이 감쪽같이 사라졌다는 거야. 집에도 회사에도 그 어디에도 흔적이 전혀 없어.

"그 새끼……."

선우가 욕을 하자 혜주가 힐끗 쳐다보았다.

—해외에 나가지도 않았어. 증발해 버렸다.

"그 새끼 무슨 꿍꿍이지?"

—일단 더 찾아볼게.

선우가 한마디 했다.

"그래도 그놈 가족들은 알고 있을 거야."

—가족? 알았다.

전화를 끝냈지만 혜주는 방금 통화 내용에 대해서는 물어보지도 궁금해하지도 않았다.

선우는 불쑥 말했다.

"장병호 의뢰비가 있어."

"주한 미국 대사가 주는 거?"

선우의 반말에 혜주도 반말로 익숙하게 마주쳤다. 두 사람은 오래전부터 반말을 해온 것 같다.

"5억인데 그거 정필 형님 드릴게."

이번 장병호 사건은 최정필이 해결했으니까 그에게 의뢰비를 주는 게 맞다.

"흠……."

혜주는 흰 손으로 주먹을 말아 쥐고 입에 갖다 댔다.

"삼촌, 중국 3대 부호가 누구누구인지 알아?"

선우의 머리가 빠르게 회전하다가 낮은 탄성을 터뜨렸다.

"아……."

혜주의 힌트를 듣고서도 기가 막히게 머리가 좋은 선우가 그걸 모른다면 말이 안 된다.

우열을 가리기 어렵다는 중국 3대 부호가 있는데 그중에 헤이티엔시라는 사람이 있다.

헤이티엔시는 한자로 흑천사(黑天使)라고 하는데 그게 바로 우리말로 검은 천사라는 사실을 떠올린 것이다.

"아빠 부자야."

"그렇구나."

"삼촌에 비하면 어림도 없지만."

벤틀리 뮬산이 목적지에 거의 도착할 무렵에 혜주가 조용한 목소리로 물어보았다.

"삼촌, 왜 만능술사 하는 거야?"

혜주는 모르는 게 없다.

선우는 내리면서 짧게 대답했다.

"세상을 이롭게 하려고."

선우가 압구정동의 호프집 도르트문트에 도착한 시간은 9시 10분이다.

그 시간의 호프집은 손님이 절반쯤 차있었다.

선우는 100평이 훨씬 넘어 보이는 넓은 실내에서 입구를 등지고 좌측 안쪽에 빈자리를 찾아서 앉았다.

마리가 10시에 알바가 끝나니까 잠시 기다렸다가 같이 가려는 것이다.

이틀 전에 데리러 오겠다고 먼저 약속해 놓고서 지키지 못한 것에 대해서 사과도 할 생각이다.

그런데 마리가 아닌 다른 아가씨가 선우에게 주문을 받으러 왔다.

선우는 약간 안쪽에 치우친 자리에 앉은 터라서 잘 눈에 띄지 않는다.

주문을 해놓고서 주위를 둘러보니까 저만치 유니폼을 입은 마리의 모습이 보였다.

커다란 생맥주 두 잔을 양손에 쥐고 반대편 쪽 테이블을 향해 종종걸음으로 가고 있었다.

호프집이 꽤 큰 데다 마리의 담당 구역은 선우가 앉은 곳의 반대편인 것 같았다. 그래서 마리는 선우가 앉은 쪽으로는 시선조차 주지 않고 부지런히 테이블 사이를 오가면서 자신의 할 일을 했다.

선우는 굳이 마리를 부르거나 자신의 존재를 알리려고 하지 않고 주문한 생맥주와 안주를 천천히 먹었다.

시간이 흐르자 손님들이 더 많아져서 손님들 사이로 마리의 모습이 잘 보이지 않게 되었다.

선우는 마리를 꼭 보려고 서두르지 않았다. 어차피 10시가 돼서 마리의 일이 끝나면 만나게 될 것이다.

그런데 갑자기 선우의 귀에 마리의 목소리가 들렸다.

"여긴 오지 말라고 했잖아."

실내에는 음악 소리와 많은 손님이 크게 웃으며 떠드는 소리가 가득했지만 마리 특유의 목소리는 마치 필터링을 한 것처럼 선우의 귀에 꽂혔다.

선우는 마리의 목소리가 들려온 방향을 쳐다보았다. 그가 있는 곳에서 20m쯤 떨어진 맞은편 벽의 테이블에 한 남자가 앉아 있고 그 앞에 마리가 서 있는 모습이 보였다.

선우는 무의식중에 그쪽으로 귀를 쫑긋거렸다.

그런데 앉아 있던 남자가 마리의 손목을 덥석 잡았다.

"좀 앉아, 마리야."

"이거 놔."

마리는 남자의 손을 뿌리치고 몸을 돌려 주방 쪽으로 갔다.

선우는 남자를 쳐다보았다.

그는 25~26세 정도이며 말쑥하고 깨끗한 옷차림에 꽤 준수한 외모의 소유자였다.

선우는 두 사람의 언행을 보고 그 남자가 마리의 남자 친구일지도 모른다고 생각했다.

예전에 두 사람은 다투었으며 그것 때문에 남자가 마리의 알바하는 곳에 찾아왔는데, 아직 화가 풀리지 않은 마리는 그를 차갑게 대한다. 뭐, 그런 스토리가 아닐까 생각했다.

선우는 이대로 그냥 갈까, 하고 잠시 생각했다. 지금으로 봐선 마리의 남자 친구는 그녀의 알바가 끝날 때까지 기다렸다가 만날 것 같다.

그런 상황에 선우가 마리 앞에 나타나는 것은 좀 이상할 것 같았다.

그렇지만 만약 저 남자가 마리의 남자 친구가 아니라면? 그래서 마리가 혼자 집으로 간다면 선우는 오늘 이곳에 온 이유가 퇴색하고 만다.

그러다가 선우는 자신이 마리에게 아무런 존재도 아니며 그저 이웃일 뿐이고 오늘 이곳에는 지난번에 약속을 지키지 못해서 사과하러 온 것이라는 데 생각이 미쳤다.

그는 마리를 이성으로 여기지 않는다. 아니, 이성을 생각해 본 적도 없으며 그럴 여유도 없다.

거기까지 생각한 그는 자리에서 일어나 계산서를 들고 카운터로 가다가 주방 쪽을 쳐다보았다.

그런데 마리는 보이지 않았다. 남자 친구일지도 모르는 청년은 아주 여유 있는 표정과 동작으로 생맥주를 시원하게 마시고 있었다.

그의 표정이나 행동으로 봤을 때 다툰 여자친구와 화해를 하러 온 것 같은 분위기는 아닌 것 같다.

선우는 계산을 치르고 밖으로 나와서 택시를 잡으려고 도로변으로 갔다.

그런데 여긴 빈 택시가 잘 오지 않는 곳인지 비까번쩍한 고급 외제차들만 보였다.

그가 택시를 잡으려고 목을 뺀 채 도로 저쪽을 내다보고 있을 때 호프집 도르트문트에서 마리의 남자 친구일지도 모르는 청년이 나왔다.

선우는 빈 택시를 잡으려고 도로를 따라서 걷다가 호프집에서 30m쯤 떨어진 곳에 서 있었다.

그때 사복으로 갈아입은 마리가 나왔고 두 사람은 호프집 입구에서 조금 떨어진 곳에 마주 섰다.

선우는 그쪽을 보지 않으려고 했는데 저절로 눈이 갔다.

마리가 청년에게 흰 봉투를 내밀면서 차갑게 말하는 소리가 선우에게 들렸다.

"이거 받고 이제 다시는 오지 마. 이거 이번 달 알바비 가불한 거야."

"고맙다, 마리야."

남자는 봉투를 받으면서 히죽 웃었다.

"내 이름 부르지 마. 지긋지긋해."

마리는 홱 몸을 돌려서 선우가 있는 쪽으로 빠르게 걷기 시작했다.

청년은 마리를 향해 흰 돈 봉투를 쥔 손을 들어 보이면서 환하게 웃었다.

"고마워, 마리야. 또 보자."

마리는 뒤돌아보지 않고 작은 백 팩을 멘 끈을 두 손으로 꼭 잡은 채 입술을 깨물고 걸었다.

선우가 보니까 도로변에 멈춰 있던 몹시 낡은 소형 승용차가 다가와서 멈추자 청년이 조수석에 냉큼 탔다.

운전석에는 젊은 여자가 타고 있는데 청년은 담배에 불을 붙이면서 말했다.

"출발해."

여자가 차를 출발시키면서 하는 말소리가 들렸다.

"이제 마리 씨한테 돈 달라고 하지 마."

"조용해라."

"마리 씨도 알바해서 겨우……."

"이 쌍년이?"

퍽!

"악!"

입에 담배를 문 청년은 운전하는 여자의 얼굴을 후려갈겼고 그 바람에 차가 중앙선을 넘었다가 하마터면 사고가 날 뻔했다.

남녀가 탄 차가 선우 앞으로 지나갔다.

선우가 보니까 운전하는 여자의 코에서 피가 흐르고 있으며 청년이 욕설을 내뱉었다.

"이 씨X년아! 그러니까 니가 술집이라도 나가서 돈 벌어오란 말이야!"

선우는 멀어지는 승용차에서 시선을 거두고 마리를 쳐다보다가 흠칫했다.

선우와 수평으로 서 있는 마리가 몹시 놀라는 표정으로 그를 바라보고 있었다.

걸어가다가 선우를 발견했는지 승용차의 남녀를 쳐다보다가 그 선상에 서 있는 선우를 보게 됐는지 모를 일이다.

어쨌든 선우는 좀 이상한 상황에서 마리와 마주쳤다.

"선우 씨……."

마리는 그 자리에 서서 선우를 불렀다.

선우는 빙그레 웃으며 마리에게 다가갔다.

"마리 씨."

마리는 몹시 걱정스러운 표정을 지었다.

"무슨 일 있어요? 괜찮아요?"

그건 선우가 할 말이다.

"이틀 동안 집에도 들어오지 않은 것 같았는데……."

선우는 자신이 중국 연길에 다녀오느라 이틀 동안 집을 비웠는데 마리가 그걸 걱정했다는 사실에 가슴이 조금 시큰거렸다.

"저 만나러 온 거예요?"

"아… 네."

이렇게 된 거 선의의 거짓말을 할 수밖에 없다.

"지금 막 도착했군요?"

"그렇습니다."

마리는 생긋 웃었다.

"저 지금 퇴근하는 길인데 하마터면 못 만날 뻔했네요."

그녀는 조금 전에 어떤 남자에게 가불한 돈 봉투를 건네고 몹시 속상했던 모습이 다 사라졌다.

선우는 마리의 눈이 조금 젖어 있는 것을 발견했다. 울고 있었던 것 같았다.

그 남자에게 가불한 알바비를 주고 나서 속이 상해서 눈물이 났을 것이다.

강인하게만 보이던 마리가 눈물을 흘리다니, 선우는 괜히 언짢아졌다.

대체 마리와 그 남자는 무슨 관계일까? 그 남자에게는 여자가 따로 있다. 그를 차에 태우러 온 여자다. 그렇다면 마리는 과거의 여자인가?

그 남자에게 새 여자가 생겼다는 사실을 모른 채 질긴 과거의 끈에 연결되어 흡혈귀한테 피를 빨리고 있는 것일 수도 있다.

아니면 마리의 오빠일지도 모른다. 어떤 집이든지 꼭 하나씩 있는 개고기 같은 새끼들 아니면 개년들 말이다.

“집에 갈 겁니까?”

“네.”

선우의 물음에 마리가 밝게 웃으며 대답했다. 우울함을 금세 떨쳐 버리고 웃는 마리가 안쓰러웠다.

그러면서 선우는 자신의 등장이 마리에게 조금이나마 위로가 됐다는 사실에 안도했다.

선우가 택시를 잡으러 도로변으로 가자 마리가 따라오면서 물었다.

“뭐 하게요?”

“택시 잡아야죠.”

“조금만 가면 버스 있어요.”

“택시비 있습니다.”

“심부름센터 돈 잘 벌어요?”

“그거…….”

“우리 버스 타고 가요.”

마리가 선우의 팔을 잡아끌었다. 그녀는 자연스럽게 선우의 팔짱을 끼면서 재잘거렸다.

“여기서 우리 집까지 택시 타면 7천 원이나 나오지만 버스

타면 2,400원이면 가요. 4,600원이나 남잖아요."

선우에게 4,600원은 돈도 아니라서 이런 셈법에 대해서는 이해가 부족한 편이다.

그보다도 그는 마리가 자신과 팔짱을 끼고 있다는 사실에 온 신경이 곤두섰다.

팔짱만 낀 게 아니라 선우의 팔을 마리가 두 팔로 안았기 때문에 그녀의 가슴의 뭉실뭉실한 볼륨감이 고스란히 전해져서 선우는 적잖이 당황했다.

마리는 그걸 모르는 걸까? 아니면 알면서도 일부러 그러는 것인가? 알고 있다면 대체 왜 그러는 건지 선우는 머릿속이 복잡했다.

다른 사람들 눈에는 선우와 마리의 모습이 연인처럼 보일 것이다.

'아아… 이거 미치겠군.'

여자하고는 의도적으로 손도 잡아본 적이 없는 선우는 지금 머릿속이 하얗게 탈색이 됐다.

"우리 오늘 술 마실래요?"

마리는 평소와는 다르게 한껏 들뜬 모습이다.

선우는 그걸 충분히 이해했다. 조금 전 그 남자에게 당했던 비참함에서 벗어나려는 몸부림이다.

선우는 주위를 두리번거렸다. 여기저기 괜찮은 술집들이 즐

비했다.

“마리 씨, 뭐 좋아합니까?”

그러나 마리에겐 씨도 먹히지 않았다.

“여긴 잘사는 동네라서 엄청 비싸요. 압구정동이잖아요. 우리 동네 순댓국집 가요. 거긴 순댓국 한 그릇만 시켜도 되니까 소주값 포함해서 2만 원이면 떡을 칠 거예요.”

“뭘 쳐요?”

“떡을…….”

선우는 ‘떡을 친다’는 표현이 충분하다라는 뜻이라는 걸 알고 있었지만 그 말을 마리가 하니까 조금 이상했다.

선우와 마리는 순댓국집에 마주 앉았다.

마리가 선우 앞에 수저를 놔주면서 선우의 얼굴을 바라보며 웃었다.

“긴장하지 말아요. 오늘은 뻗도록 마시지 않을게요. 선우 씨에게 업히지도 않을 거구요.”

선우는 빙그레 미소 지었다.

“업혀도 됩니다.”

마리는 입술을 내밀었다.

“한 번 더 그러면 선우 씨 다시는 나 보고 싶지 않다고 그럴 걸요?”

마리가 오늘 선우더러 술을 마시자고 먼저 말한 이유는 호프집 도르트문트에 와서 그녀에게 돈을 받아간 남자 때문이 아니었다.

이것은 일종의 이별주였다. 마리는 조만간 파라다이스맨션에서 이사를 갈 예정이라고 했다.

하지만 그녀는 이사를 가는 이유에 대해서는 말하지 않았다.

선우는 마리가 이사를 간다는 사실에 조금 충격을 받았고 그래서 그 이유가 알고 싶었다.

선우는 남에게 꼬치꼬치 캐묻는 걸 싫어하는데 마리에게는 소주를 한 잔 따라줄 때마다 3번이나 같은 질문을 했다.

그래서 알아낸 사실이 마리가 돈 때문에 이사를 가는 것이라고 했다.

집주인이 지금 월세 50만 원을 갑자기 80만 원으로 올린다고 해서 도저히 거기에는 맞출 수가 없어서 이사를 결정했다는 것이다.

한남동에서 보증금 3천만 원에 월세 50만 원이면 마리는 그동안 싸게 잘 살고 있었다. 참고로 선우는 보증금 5천만 원에 월세 80만 원이다.

그래서 마리는 보증금과 월세가 싼 원룸을 얻으려 한다는 것이다.

"음악실은……."

선우는 말하다가 말았다.

자신은 음악을 너무 사랑하기 때문에 다른 직업은 갖고 싶지 않으며 죽을 때까지 음악만 할 거라고 말하는 마리에게 음악실을 가질 수 없는 원룸으로 이사를 가면 어떻게 할 거냐고 물을 수가 없었다.

선우는 마리를 사랑하지 않더라도 지금 당장 그녀에게 최고급 아파트나 빌라를 사줄 수 있다.

하지만 그건 그저 생각일 뿐이다. 선우가 아파트나 빌라를 사주겠다고 하면 마리가 고맙다고 넙죽 받겠는가. 그녀는 절대 그러지 않을 것이다.

마리에 대해서 조금밖에 모르지만 그녀는 그러고도 남을 사람이었다.

세상에는 돈으로 되는 것이 있고 안 되는 것이 있다.

"어쨌든 선우 씨한테 무슨 일이 없어서 다행이에요."

선우를 걱정하는 사람은 많지만 이런 식으로 걱정해 주는 여자는 없었다.

"걱정했습니까?"

소주를 한 병쯤 마신 마리는 기분이 적당하게 풀어졌는지 더 이상 마시지 않았다.

"약속도 펑크 내고 집에 이틀씩이나 들어오지 않는데 그럼 걱정하지 안 하겠어요?"

이 말만 들으면 마리가 선우의 아내 같다.

"고맙습니다."

"뭐가요?"

"날 걱정해 줘서요."

마리는 그를 살짝 흘겼다.

"남 걱정시켜 놓고서 고맙긴요?"

선우는 호프집에서의 그 남자에 대해서 마리에게 물어봐야겠다고 생각했다.

조금 전까지는 그 남자와 마리의 관계가 무엇이든 간에 자기하고는 상관이 없다는 생각이었다.

그런데 지금은 아니다. 왜 그런지는 잘 모르겠지만 어쩌면 마리가 선우를 걱정했다는 말을 들었기 때문일 것이다.

선우는 궁금한 걸 놔두고 지지부진한 건 참지 못한다.

"마리 씨, 물어볼 게 있습니다."

마리는 선우의 빈 잔에 두 손으로 술을 따랐다.

"아프지 않게요."

"네?"

"아뇨. 물어보세요."

마리는 선우에겐 아재 개그도 먹히지 않는다는 걸 알게 됐다.

"아까 호프집에서 마리 씨가 어떤 남자에게 봉투를 주는 걸 우연히 봤습니다."

"……."

마리의 동작이 뚝 멈춰졌고 얼굴에 놀라움이 떠올랐다.

선우는 마리의 반응 같은 건 살피지 않았다. 이왕 말을 꺼냈으니까 밀어 붙였다.

"그 남자 누굽니까?"

선우는 마리 얼굴에 비참한 표정이 떠오르는 것을 보았다.

"대답하지 않아도 됩니다. 괜한 걸 물어본 것 같습니다."

"오빠예요."

"아……."

전부는 아니지만 마리의 '오빠'라는 말에 선우는 뭔가 알 것 같아서 고개를 끄떡였다.

마리는 선우에게 그런 장면을 들켜서 자존심이 상했다거나 그래서 발칵 화를 내지는 않았다.

다만 그때부터 둘 사이에 어색한 침묵이 길게 이어졌다.

*　　　*　　　*

경기도 가평의 어느 깊은 산속.

'천지생명수련원'이라는 간판이 붙어 있는 몇 개의 큰 건물들이 냇가에 흩어져 있다.

이곳은 천지 그룹 계열사인 천지생명보험의 수련원이다.

현성진은 창문 하나 없이 사방이 막힌 밀실의 한가운데 있는 돌침대 위에 알몸으로 팔다리를 벌린 자세로 눈을 감고 누워 있다.

그리고 그의 양쪽에서 중년의 두 남녀가 그에게 무언가를 시전하고 있는 중이다.

중년 남녀 옆에는 각각 테이블이 있으며 거기에는 검붉은 액체가 반쯤 담긴 큼직한 돌그릇이 놓여 있다.

중년 남녀는 돌그릇에 두 손을 손목까지 담갔다가 빼내서 현성진의 몸 특정한 부위를 손가락으로 지그시 누르는 일을 반복하고 있다.

현성진의 온몸에는 머리 꼭대기에서 발바닥까지 검붉은 점이 빼곡하게 찍혀 있었다.

그렇다고 온몸에 떡칠한 것처럼 더덕더덕 묻어 있는 것은 아니다.

현성진 몸 앞쪽에 365개 뒤쪽에 365개 도합 730개의 점이 정확하게 찍혀 있다.

지금 현성진에게 시전하고 있는 수법은 현씨 가문, 즉 극소수의 사람들에게 마현가(魔玄家)라고 알려진 가문에서 800여 년 동안 비법으로 전해져 내려오는 마현대법(魔玄大法)이라는 것이다.

마현가는 신강가하고 천 년 앙숙이었다.

신강가에서는 신족의 능력이 오로지 한 명의 자손에게만 전승되는 일인승계의 원칙이 고수되어져 왔다.

그러나 마현가는 자손을 원 없이 낳을 수 있으며 마현가의 자손이라면 어느 누구에게나 마현대법을 시전하여 초능력을 지니게 할 수 있었다.

신강가가 조상으로부터 선천적으로 이어받는 것인데 반해서 마현가는 후천적으로 마현대법을 통해서만 잠재력을 일깨우고 또 초능력을 주입할 수가 있다.

3일 전에 현성진은 기분이 최악의 나락으로 떨어져 있었다.

그는 여배우 안소희를 납치, 감금해서 욕심을 채우려다가 느닷없이 나타난 천둥벌거숭이 같은 놈에게 붙잡혀서 경찰에 넘겨진 일을 죽을 때까지도 잊지 못할 치욕으로 여겼다.

그래서 그 천둥벌거숭이가 누군지 알아내려고 자신의 사건을 맡았던 강남경찰서 강력계 이종무 형사라는 놈에게 기자도 보내고 킬러도 보내봤지만 둘 다 실패하고 말았다.

속에서 천불이 치민 현성진은 답답한 마음을 친형 현성풍에게 털어놓았다.

그랬더니 현성풍이 동생 현성진을 데리고 아버지에게 가더니 이제 막냇동생도 입현(入玄)을 시킬 때가 왔으니까 허락해

달라고 간청했다.

'입현'이 무엇인지 모르는 현성진이지만 형이 하는 대로 가만히 있었다.

아버지 현부일은 잠시 기다리라고 하고는 밖으로 나갔다. 마현가의 최고 보스에게 허락을 구하기 위해서 전화를 하려는 것이다.

둘이 남게 되자 현성일이 형에게 '입현'이 무엇이냐고 물어보았다.

그랬더니 형 현성풍이 간단하게 대답했다.

"진짜 현씨가 되는 거야."

이후 현부일이 돌아와서 막내아들 현성진의 입현이 허락됐으며, 그 즉시 현성진은 이곳 가평의 천지생명수련원으로 보내진 것이다.

중년 남녀는 2시간에 걸친 마현대법을 끝냈다.

108종류의 약재와 108종류의 특수 금속의 분말을 섞어서 만든 검붉은 액체 마현수(魔玄水)를 하루에 한 번씩 현성진의 온몸 730군데 혈도를 통해서 주입하는 것을 마현대법이라고 한다.

현성진은 3일에 걸쳐서 3번 시전했으니까 앞으로 7번을 더 해야지만 마현대법을 끝낸다.

하지만 그것만으로는 정식 현씨 일가가 되는 입현이 끝났다고 할 수가 없다.

7번의 마현대법 후에 마현가에서 전해져 내려오는 특수한 비법(秘法)과 비기(祕技)를 배워야 한다.

현성진이 타고난 천재거나 뛰어난 자질을 지녔다면 석 달 만에 끝낼 수 있을 것이고 아니면 1년 이상 걸릴 것이다.

"됐다. 일어나라, 성진아."

시술을 끝낸 중년 남자, 즉 현성진의 삼촌이 말했다.

현성진이 상체를 일으켜서 앉자 중년 여인인 현성진의 고모가 미소 지으면서 지시했다.

"이제 탕에 들어가라."

108종류 약재와 108종류 특수 금속을 천 일(日) 동안 끓인 물속에 들어가라는 것이다.

* * *

마리는 갑자기 집주인의 연락을 받았다.

그런데 예전 집주인이 아니고 자신이 오늘 파라다이스맨션 401호를 샀다는 새로운 집주인이다.

마리와 만난 새로운 집주인은 자신은 장차 이 지역이 재개발될 것을 예상하고 파라다이스맨션 401호를 사둔 것이니까 월세를 두고 싶지 않다고 말했다.

순댓국집 맞은편에 있는 빵집에 마주 앉은 마리와 새로운 집주인은 주문한 빵에는 손도 대지 않았다.

"그러지 않아도 이사 나가려고 계획하고 있어요."

마리는 몹시 세련되고 또 같은 여자가 봐도 한눈에 반하고 말 것처럼 아름다운 여자 집주인을 보며 말했다.

"그게 아니에요."

빵집 밖에는 집주인 여자가 타고 온 페라리가 보였다.

"집에 사람이 살지 않으면 폐가가 되는 법이에요. 그러니까 그 집에 계속 살아주세요."

"그렇지만 저는 월세 80만 원을……."

"나는 집을 월세 놓을 생각이 없어요. 그러니까 월세를 내지 말고 그냥 살도록 하세요."

"……."

마리는 멍한 표정으로 세련된 집주인을 바라보았다.

엷은 선글라스 안에서 반짝이는 집주인의 눈은 마리가 봐도 매혹적이었다.

"그깟 월세 몇 푼이나 한다고 받겠어요? 그러니까 집 관리나 하면서 재개발될 때까지 살아주세요."

"그게……."

집주인이 도도하게 고개를 까딱했다.

"부탁해요."

그러더니 마리는 구경해 본 적도 없는 최고급 명품 에르메스 핸드백에서 서류를 꺼냈다.

"계약서예요. 내가 작성했으니까 읽어보고 사인하세요."

마리가 계약서라는 것을 읽어보니까 정말로 파라다이스맨션 401호를 재개발할 때까지 무기한 무보증금과 무월세로 산다는 조항이 기록되어 있었다.

이상한 집주인은 흰 종이 하나를 꺼내서 빵 접시 옆에 살며시 내밀었다.

"보증금 3천만 원 돌려줄게요."

마리는 도대체 귀신에 홀린 듯한 상태로 계약서에 사인을 했다.

집주인은 원본을 자신이 갖고 먹지에 써진 사본을 마리에게 주고 나서 일어섰다.

빵집 앞에서 마리는 집주인이 근사한 빨간색 페라리를 타고 떠나는 모습을 지켜보았다.

페라리가 시야에서 완전히 사라지고 나서도 한참이나 그 자리에 서 있던 마리는 손에 쥐고 있는 계약서와 수표를 다시 한번 확인하고서야 팔짝 뛰며 비명을 질렀다.

"꺄아악!"

그녀는 급히 빵집으로 들어가서 주인에게 외쳤다.

"아줌마, 이 빵 포장해 주세요!"

페라리가 한남대교 위에 올라서자 집주인은 어디론가 전화를 걸고 스피커폰으로 말했다.

"삼촌이 시키는 대로 했어."

—잘했다.

"그 여자 예쁘던데 삼촌 애인이야?"

뚝…….

통화가 끊어졌다.

집주인 혜주는 입술을 삐죽 내밀었다.

"나란 여자는 이래저래 남자 복이 없다니까."

혜주는 자신이 목숨 바쳐서 사랑했던 검은 천사 최정필과 필적할 만큼 잘난 사내 선우를 처음 보는 순간 살짝 마음이 흔들렸었다.

마리는 파라다이스맨션 4층까지 단숨에 뛰어올라가서 402호 벨을 눌렀다.

딩동~ 딩동~ 딩동~

그녀는 벨을 눌러놓고서도 뭐가 그리 급한지 현관문을 작은 주먹으로 두드렸다.

쿵쿵쿵…….

"선우 씨?"

철컥…….

"어… 마리 씨."

선우가 부스스한 모습으로 현관문을 열자 마리는 다짜고짜 그를 밀고 집 안으로 들어갔다.

"이리 와봐요, 선우 씨. 내가 굉장한 소식 알려줄게요."

"뭔데 그래요?"

선우는 마리가 왜 그러는지 알지만 짐짓 시치미를 떼고 그녀를 뒤따라 들어갔다.

마리는 자신이 이사를 가지 않아도 되는 이유에 대해서 숨도 쉬지 않고 설명을 했다.

"나한테 이런 행운이 찾아올 거라고는 상상도 못 했어요! 굉장하지 않아요?"

"그렇군요."

선우는 자신이 꾸민 일이라서 리액션이 신통치 않았지만 흥분한 마리는 눈치채지 못했다.

"그 여자 정말 아름답고 세련됐어요."

"누구 말입니까?"

"새 집주인 여자 말이에요."

마리는 이번에는 새 집주인 여자가 얼마나 아름다운지에 대해서 열변을 토했다.

그러더니 주머니에서 계약서와 수표를 꺼내서 보여주었다.

"봐요. 계약서하고 수표예요. 내 말 맞죠?"

"그렇군요."

마리는 세상을 다 가진 표정으로 수표를 흔들어 보였다.

"선우 씨, 돈 안 필요해요? 꿔줄게요."

선우는 짐짓 엄한 표정을 지었다.

"은행에 넣어두고 마리 씨가 꼭 필요할 때 써요. 오빠한테 뺏기지 말고."

'오빠'라는 말에 마리의 얼굴이 순간적으로 굳어졌다.

"선우 씨 말대로 할게요. 그리고 오늘 밤에 내가 한턱 낼게요. 뭐 잘 먹어요, 선우 씨?"

선우는 문득 지난번 옥상 모임 때 맛있게 먹었던 양꼬치 생각이 났다.

"양꼬치 어때요?"

마리도 옥상 모임 때의 양꼬치를 떠올렸다.

"그 사람 어디에서 장사하는지 101호 아주머니에게 알아볼게요."

마리는 콧노래를 부르면서 현관문으로 향했다.

"이따 전화할게요."

그저께 순댓국집에서 술을 마실 때 선우와 마리는 휴대폰 번호를 교환했다.

*　　　　*　　　　*

"만능술사 골드핑거?"

국정원장 현승원은 책상 건너편에 서 있는 안보수사국장 박중현을 쳐다보았다.

"그렇습니다."

"중국에서 장병호를 빼돌린 게 만능술사 골드핑거라는 자라는 말인가?"

"그렇다고 합니다."

"어디에서 나온 정보야?"

"주한 미국 대사관입니다."

"음?"

"미국 대사 로건 브룩스가 장병호 사건을 골드핑거에게 의뢰했다고 합니다."

국정원은 장병호 부부가 중국 베이징 서우두공항에서 증발한 것으로 알고 있다.

그러므로 장병호가 어디로 갔으며 지금 어디에 있는지 모르는 것은 당연하다.

국정원이 알고 있는 것은 장병호가 북한에 도착하지 않았다는 사실뿐이다.

조금 전에 안보수사국장 박중현이 만능술사 골드핑거에 대해서 말하지 않았다면 장병호 사건은 완벽한 미궁에 빠져 있었을 것이다.

"골드핑거라는 자가 어떻게 장병호를 탈취했다는 거지?"

"그것까지는 모르겠습니다."

"우리 쪽 요원들은 베이징에서 북측 보위부원들에게 정확하게 장병호를 넘겼다고 보고하지 않았느냐는 말이야."

"그랬죠."

"이거야……."

국정원은 장병호를 제대로 북한 측에 인도하지 못했다는 것 때문에 대통령과 윗선으로부터 허벌 나게 뭇매를 두들겨 맞고 있는 중이다.

국정원장 현승원은 박중현을 주시했다.

"이거 얼마나 정확한 거야?"

"로건 브룩스 비서실에서 나온 정보입니다."

"그렇다면 확실한 거로군."

"로건 브룩스는 골드핑거에게 의뢰비로 한화 5억 원을 지불했다고 합니다. 골드핑거는 돈만 주면 무슨 일이라도 하는 청부업자라고 합니다."

박중현은 골드핑거에 대해서 힘닿는 데까지 알아보았지만 별 성과는 없었다.

한동안 골똘히 생각에 잠겼던 현승원은 손바닥으로 책상을 가볍게 내려쳤다.

"잡아들여."

박중현은 조금 놀라는 표정을 지었다.

"골드핑거 말입니까?"

"그래."

"무슨 죄로 엮습니까?"

현승원은 슬쩍 인상을 썼다.

"우리가 언제 죄명 갖고 사람 잡았어?"

"알겠습니다."

박중현은 고개를 갸웃거렸다.

"하지만 이제 골드핑거를 체포한다고 해서 뭐가 달라지겠습니까?"

"최소한 장병호를 어떻게 한 것인지는 알게 될 거야."

"네."

"그리고 그놈에게 10억을 줄 테니까 다시 장병호를 찾아내서 북한에 넘겨주라고 의뢰해도 되고 말이야."

"놈이 하겠습니까?"

현승원은 대수롭지 않게 중얼거렸다.

"하게 될 거야. 하지 않겠다고 고집부리면 쥐도 새도 모르게 죽여 버리겠다고 위협하는 거지."

"그래도 말을 듣지 않는다면요?"

"죽여야지."

현승원은 비릿한 미소를 지었다.

"죽음 앞에서는 다들 겸손해지는 법이거든."

『상남자스타일』 2권에 계속…